KB148086

고전은 古典 어떻게 삶의 무기가 되는가

나와 세상을 바꾸는 고전 읽기의 힘

고전은 古典 어떻게 삶의 무기가 되는가

| 장영익 지음 |

프로방스

우리에게 삶의 '무기'가 필요한 이유

차를 몰고 퇴근하던 길이었다. 신호 대기 중이었는데, 고개를 옆으로 돌려보니 휘트니스 센터의 모습이 보였다. 많은 사람들이 같은 동작을 하고 있었다. 왠지 모르게 즐거워 보였다. 나도 저 사람들과 같이 운동을 하고 싶었다.

하지만 그때, 내 입에서는 깊은 한 숨이 나왔다. 저 자리에 내가 함께 할 수 없기 때문이었다. 당시 회사에서 야근은 어찌나 그렇게 많은지 그 자체로 나에게는 큰 스트레스였다. 일은 일대로 하고, 눈치는 눈치대로 보면서 먹고 사는 일이 쉽지 않던 때였다.

그리고 내 뺨을 타고 두 줄기 눈물이 주르륵 흘러 내렸다. 나는 이렇게도 힘든데, 저 사람들은 너무나 즐거워 보였다. 나도 저들처럼 저녁 시간에는 저렇게 여유를 가지고 다른 사람들도 만나고, 나의 미래를 준비해나가는 시간을 갖고 싶었다. 회사를 다녀야겠다는 생각은 했지만, 회사 생활하면서 내 삶을 가꾸어 나가고 싶었던 것이다. 그저 주위 환경에 따라 흘러가는 데로 내 삶을 방치하고 싶지 않았다.

하지만 어느새 나도 모르게 그렇게 살고 있었다. 뭔가 잘못되었다는 생각이 들었다.

'나는 이렇게 열심히 살아왔는데, 왜 이렇게 힘든 것일까?'

그리고 또 다른 질문이 나를 찾아왔다.

'나, 어떻게 살아야 할까?'

사실 이런 질문은 나 혼자만의 것이 아니다. 바쁜 일상 와중에서도 문득 이런 질문은 우리를 찾아온다. 어떻게 살아야 할 것인가?, 나는 누구인가?, 나는 왜 살아야 하는가?, 무엇을 하며 살아야 할까? 등등. 잠시 스쳐 지나갈 때도 있을 것이다. 하지만 다시 돌아온다. 너무나 바빠서 주위 환경에 휩쓸려 살다보면 우리는 이런 질문과 대면하지 못한다. 그저 스쳐 지나갈 뿐이다.

이 책 속에서는 그런 질문들에 대해 대답하기 위해서 '고전(古典)'을 선택한 한 남자의 이야기가 나온다. 대한민국을 살아가는 평범한 한 남자이다. 직장생활을 하며, 가끔 술도 마시고, 친구를 만나고, 주말이나 연휴를 이용해 여행도 가고, 자신만의 '짝'을 찾아 단란한 가정을 가꾸어 가기를 원하는 30대 남자의 이야기가 책 속에 있다.

어릴 적 나는 어른이 되면 즐겁고 행복한 일만 가득할 줄 알았다. 하지만 지금까지 내가 살아본 세상은 그렇지 않았다. 세상은 불공평

하고, 부조리했다. 내가 공부한 만큼 성적이 나오지 않았고, 내가 일한 만큼 월급을 받지 못하고 있다는 생각이 들었다.

그렇다. 어른으로써 세상살이는 쉽지 않았고, 어려움이 가득했다. 세상살이가 이렇게 어려울 줄은 몰랐다. 어떻게 해야 할지 모르고, 왠지 모를 막막함이 느껴질 때, 책 속에 등장할 '장대리'처럼 고전을 선택해보는 것은 어떨까?

많은 사람들에게 고전은 어려운 책, 두꺼운 책, 우리 삶과 동떨어진 책, 비범한 사람들이 읽는 책, 유명하지만 읽어본 적은 없는 책으로 통한다. 이렇게 고전과 우리 사이에는 벽이 쳐져 있다. 그래서 아마도 고전을 읽고 싶어도 선뜻 손이 가지 않고, 읽어봐야겠다는 생각을 안 했을 지도 모른다.

그럼에도 불구하고 당신이 '고전읽기'를 시도해 봤으면 좋겠다. 고전을 읽다보면 우리는 삶에 대해 한 번쯤 생각해보게 되기 때문이다. 고전 속에는 오래 전에 살았던 사람들이 얘기한 허무맹랑한 이야기가 들어 있는 것이 아니다. 우리보다 앞서서 삶을 살았던 이들이 우리에게 주는 교훈이 담겨져 있다. 오랜 시간의 장막을 뚫고, 그 사람들의 이야기는 책을 통해 지금 우리 앞까지 전해져 내려 왔다.

고전 속에는 그들의 삶이 담겨져 있는데, 천천히 한 글자씩 읽다보면 우리와 다른 사람들의 이야기가 아닌, 우리와 똑같은 사람의 이야기라는 걸 알게 된다. 고전 속에서 우리는 우리 자신의 모습을 찾게 되고, 이를 통해 자신의 삶에 대해 한번 생각해보게 된다. 나에 대한 생각에서 시작해서, 주변 사람들, 그리고 내가 사는 사회로 생각의 범위가 확장될 것이다. 이런 생각이 쌓이고 쌓이면 이 책의 제목처럼 힘든 세상을 살아갈 당신에게 고전은 '무기'가 될 것이라고 본다.

삶을 살아감에 있어서 우리는 스스로 가야할 길을 찾아야 한다. 그래서 삶은 여행과도 같다.

하지만 삶은 불공평하고, 부조리하며 때때로 우리에게 시련을 준다. 그래서 우리에게는 자신만의 '무기'가 필요하다. 지금 이 글을 읽고 있는 당신이 '무기'를 들어봤으면 한다.

하지만 처음에는 어렵다. 아무리 좋은 '무기'라 할지라도 몸에 익숙하지 않으면 제대로 쓸 수 없는 법이다. 그래서 당신은 버겁게 느껴질지도 모른다. 잠시만 여유를 갖고 '무기'를 내려놓자. 버거워할 당신을 위해서 이 책을 준비했다. 이 책을 읽는다고 고전 전문가가 될 수 있는 것은 아니지만, 그래도 여러분은 고전 읽기를 시작할 수 있을 것이라고 생각한다.

◆
차례
◆

2장

인문고전을 읽어야 하는 7가지 이유

3장

읽기 전과 읽은 후, 세상이 바뀌다

5장

지금이 인문고전 읽기에 가장 좋은 시간이다

제 1 장

고전은 오래된 보물지도와 같다

01

어느 날 문득 나를 찾아온 질문 하나

밤이 깊었다. 길거리는 화려한 불빛들로 가득했다. 그 사이로 사람들이 오고갔다. 당장이라도 쓰러질 것처럼 비틀거리며 걸어가는 사람, 옆의 친구와 즐겁게 이야기 나누는 사람, 술에 취해 정신을 잃은 여자 친구를 업고 택시를 기다리는 사람, 카페 앞에서 고개 숙여 울고 있는 사람도 있었다. 그들의 모습은 모두 제각각이었다.

캄캄하고 어두운 곳에서 장 대리는 눈을 떴다. 그리고 주변을 둘러보았다. 그때 그의 시야에 들어온 것은 투명색 문에 비친 검은 실루엣이었다. 그는 푹신한 소파 끝에 머리를 대고 누워 있었고, 바로 앞에는 테이블이 있었다. 장 대리는 그 실루엣의 주인공이 한 시간 전 자신과 소주를 마시던 친한 동생이었음을 알았다. 그는 궁금했다. '왜 이렇게 내가 누워 있는 것일까.'

그는 이번 주에 야근이 무척 많았다. 어째서 일을 열심히 해도 할 일이 줄어들지 않는 것일까. 어째서 박 부장은 야근을 하면서도 끝나고 소주 한잔 함께 하자고 하는지. 거절하지 못한 장 대리는 박 부장의 인생 이야기를 들으면서 술을 마셔야 했다. 우리 몸은 거짓말을 하지 않는다. 자신이 가지고 있는 체력 이상으로 뭔가를 하려다 보면 몸에서 이상 신호를 보내게 마련이다. 그 신호는 여러 가지 형태로 나타나는데, 지금 장 대리에게도 딱 그런 신호가 나타난 것이다.

그가 퇴근한 것은 5시간 전이었다. 자취방에 가서 옷을 갈아입고 밖으로 나왔다. 금요일 밤이었다. 젊은이가 방에서 혼자 쓸쓸하게 텔레비전을 보기에는 아까운 시간이지 않은가. 친구들과 함께 술 한잔 마시면서 즐거운 시간을 보내고 싶었다.

한 잔씩 장 대리의 목을 따라 내려가던 술은 그의 정신을 몽롱하게 했다. 그리고 5일 동안 그를 붙들고 있던 긴장이 풀어지면서 그에게는 피로감이 몰려 왔다. 그래서 그는 친구들과 노래방에 와서도 마이크 한 번 잡지 못하고 앉아 있다가 잠들어 버렸던 것이었다.

순간 그의 귀에 익숙한 멜로디가 들어온다. 몸을 일으켜 세우며 바로 앉았고 일어서려고 했다. 그때 방금 전까지 마이크를 잡고 노래를 부르던 실루엣이 어느새 옆에 다가와 빈 잔에 술을 따르며 물었다.

"오빠, 괜찮아요?"

술자리는 이어졌다. 밤이 새도록. 노래방에서 나온 후에도 두 군데를 더 거치고 나서 술자리는 끝났다. 다음을 기약하며 친구들은 집으로 돌아갔고, 장 대리는 혼자 남았다. 그리고 도로변에서 택시를 잡아 타고 집으로 가고 있었다.

현재 시간 5시 50분. 장 대리는 밤을 하얗게 지새웠다. 그런데 저 멀리에서 붉은빛이 떠오르고 있었다. 건물들 사이로 태양이 얼굴을 내밀고 하루를 시작하고 있었다. 친구들과 함께 시간을 보내다가 해를 보면서 들어간 적이 한두 번이었던가. 장 대리는 떠오르는 태양을 보며 무심코 생각해봤다.

아침 일찍 출근할 때에도 자주 봤던 해였고, 주말 새벽에 시내에서 밤을 보낸 후 집으로 들어갈 때에도 봤던 해였다. 그가 봤던 일출의 모습은 제각각이었다. 태양은 매번 다른 모습으로 장 대리 앞에 나타나고 있었다. 고등학교 시절 배웠던 것을 떠올려 보면, 지구의 자전에 의해서 낮과 밤이 생긴다. 그리고 그 자전으로 인해서 태양은 우리 머리 위의 동쪽에서 떠서 서쪽으로 진다. 이런 사실을 알고 난 뒤에는 일출을 대수롭지 않게 생각하고 자랐다.

장 대리는 그동안 봤었던 일출의 모습들을 생각해봤다. 문득 이런 생각이 들었다. '어째서 해는 매일 다른 모습으로 내 앞에 나타나는 것일까?' 그리고 그의 머릿속에는 이런 물음도 떠올랐다. '해는 매일 이렇게 다른 모습으로 내 앞에 나타나는데, 왜 나의 삶은 하루하루가 다 똑같은 것일까? 어째서 변화가 없는 것일까?'

나흘이 흘렀다. 장 대리는 회사에서 일을 하고 있다. 그는 회사에서 정신없이 바쁘다. 오늘도 마찬가지다. 출근하자마자 9시로 예정된 회의에서 쓸 자료를 한 장씩 넘겨가며 점검해 본다. 회사의 임원진들이 보게 될 자료이기에 너무나 중요하다. 어젯밤 11시까지 작성하고 검토했던 자료다. 그래도 처음부터 한 장씩 꼼꼼하게 읽어본다. 9시에 시작한 회의는 두 시간 가까이 이어졌다. 잔뜩 긴장한 상태로 컴퓨터 앞에 앉아서 조심스레 슬라이드를 넘기며 필기를 하던 그는 돌아와서 회의록을 정리해서 팀장한테 보고 한다. 그렇게 회의 하나로 오전이 지나갔다.

오후에는 업체에 다녀와야 한다. 회사 앞에 차를 잠시 세워뒀는데 어느새 나타난 팀장이 조수석에 앉으며 출발하자고 이야기한다. 팀장과 함께 다니며 업체 사장들을 만나고 이야기를 듣고 메모를 하다 보니, 어느덧 오후 4시 30분이다. 멀리 나갔던 탓에 돌아오는 길이 길어져 팀장과 함께 저녁을 먹고 회사로 온다. 그리고 외근 다녀온 내용에 대한 보고서를 작성한다. 여기서 끝이 아니다. 모레까지 제출하게 되어 있는 월 마감 자료를 만들어야 한다. 일을 마치면 밤 9시 30분. 그제야 그는 집으로 돌아간다.

사람들은 너무나 바쁘다. 안 바빠 보이는 사람들도 있지만, 모두 저마다의 사정이 있고, 자신만의 일상 속에서 하루를 살아간다. 그리고 일상은 반복된다. 어제도 점심식사를 했던 것처럼, 오늘도 점심식사를 할 것이다. 오늘도 운전을 했던 것처럼, 내일도 운전을 하게 될 것이다. '일상'이라는 이름의 거대한 쳇바퀴 속에 들어있는 다람쥐처럼,

많은 사람들이 비슷비슷한 하루를 보낸다. 이런 쳇바퀴의 무한 반복 속에서 우리의 머릿속에 잠시 머물렀던 질문들을 잊어버리게 된다.

그런 질문을 잊는다는 건 지극히 자연스러운 현상이다. 대부분의 사람들은 먹고살기 위해서 일을 하게 마련이다. 그들은 먹고사는 문제를 해결하는 데 많은 노력을 기울인다. 어떤 이들은 우리 삶에 그보다 더 중요한 가치가 있다고 말한다. 하지만 먹고사는 것에 대한 문제는 자신의 생존과도 직결된다. 그래서 더욱 중요하다.

그럼에도 불구하고, 그런 질문과 물음들은 사라지지 않는다. 떠오르는 태양을 보며 장 대리가 그런 질문을 머릿속에 떠올리게 된 것처럼 불현듯 질문들은 다시 우리를 찾아온다. 이런 질문들이 될 수 있을 것이다.

'나는 누구일까?'

'나는 왜 사는 것일까?'

'나 이렇게 살아도 되는 것일까?'

'잘 산다는 것은 무엇일까?'

'나는 무엇을 해야 할까?'

'어떻게 살아야 할까?'

금요일 밤이 돌아왔다. 친구가 이야기한다.

"한 잔 더 하러 가야지."

무슨 일일까? 친구의 권유를 뿌리친 장 대리는 저녁 식사를 마치고 자취방으로 돌아왔다. 스탠드 하나가 방을 어둡게 비추고 있었다. 그는 무엇인가 곰곰이 생각하고 있었다. 답답했는지 한숨을 쉬며 텔레비전을 틀었다. 그런데 저녁 식사 때 마신 술기운 때문이었을까, 그는 곧 잠들었다.

얼마나 시간이 흘렀을까. 텔레비전 소리에 장 대리는 잠을 깼다. 눈을 뜬 순간, 그의 시야에 들어오는 것이 있었다. 아, 저것은 대체 무엇인가. 그의 자취방 구석에 초라하게 놓여 있던 나무로 된 공간박스들. 그곳에 책이 몇 권 꽂혀 있었다. 장 대리는 허리를 세우며 자세를 바로 하고는 생각했다.

'그래, 책이야. 책을 다시 한번 읽어봐야겠어.'

02

한 번쯤 들어봤지만 한 번도 읽지 않은

책 읽기. 사실 장 대리가 지금껏 살아오면서 책과 담쌓고 지낸 것은 아니었다. 무엇인가 도움이 필요하면 책을 통해서 답을 찾고자 노력했다. 그런데 최근 몇 년간은 책과 멀리 떨어져 지냈다. 무엇 때문일까.

삶에는 정답이 있을까? 누군가 정해준 길이 있는 것일까? 보통 사람들이 가는 길은 보통 이렇다. 그 길 속 우리의 삶은 몇 가지 단계를 하나씩 올라가도록 되어 있다. 그리고 그 단계는 사람마다 다를 수 있지만, 많은 사람들이 공통적으로 거쳐가는 단계 두 가지를 이야기한다면 '취업'과 '결혼'이다.

장 대리는 다른 사람들에 비해서 늦은 나이에 취업을 했다. 29살에 첫 직장에 들어간 것이다. 그가 첫 직장에 입사했을 때 많은 사람들이 축하해 주면서 이렇게 이야기했다.

"축하한다. 이제 좋은 사람 만나서 결혼하면 되겠네."

취업을 하고 나면 그다음 단계는 결혼인 것일까. 장 대리는 그렇게 생각하지 않았다. 그동안 취업을 하지 못해서 하고 싶어도 못 했던 일들을 하나씩 해봤다. 주말에 축구장에 가서 축구를 보고, 카메라를 들고 일몰 사진을 찍기 위해 근처 저수지를 찾기도 했다. 스터디 모임에 가입하여 대학교 때 하지 못했던 영어공부를 했다. 때로는 혼자서 차를 몰고 여행을 가기도 했다.

그렇게 시간이 가는 동안, 주변에 친구들이 한 명씩 결혼을 하고 연락이 뜸해졌다. 마치 '결혼'이라는 미션을 완수하면 다 그렇게 되는 것처럼, 자신의 배우자와 가정에 충실하게 사는 것 같았다. 그리고 아이를 갖게 되면서 그들은 모두 어른이 되어가는 것처럼 보였다. 그들에 비하면 매우 뒤처져 있다는 생각도 했다. 주변의 지인들이 손주를 안고 좋아하는 모습을, 그저 바라만 보는 아버지의 뒷모습을 보며 미안한 마음이 들었다.

그때부터였다. 장 대리는 여자를 만나서 결혼하기 위해서, 온갖 노력을 다하기 시작했다. 친구들에게 소개팅을 주선해 달라고 부탁하기도 하고, 동호회 모임에 나가서 여러 사람을 만나보기도 했다. 대형마트에 필요한 물품을 사러 갔다가 호감이 가는 사람이 있어서 연락처를 얻기 위해 다가가 말을 걸기도 했다. 결혼정보 업체에 가입을 해서 이성을 소개받아 만나기도 했다. 휴대전화 속의 소개팅 애플리케이션을 이용해보기도 했다.

그렇지만 쉽지 않았다. 아무리 자신이 잘하고 싶은 마음을 가지고 노력하더라도 잘 되지 않는 것이 연애였다. 모임에서 알게 된 친한 남동생과 둘이서 술을 들이켜면서 '올해는 장가가야지.' 하고 이야기했던 것이 어느덧 3년째였다. 그 사이에 장 대리는 책과 멀어져 갔다.

장 대리는 '결혼'을 통해서 '변화'를 꿈꿨다. 결혼은 여러 사람의 삶에 많은 영향을 주게 된다. 결혼을 하는 당사자뿐만 아니라, 그 주변 인물들까지 말이다. 주변의 많은 사람들이 결혼을 하면서 새로운 삶을 시작하는 것처럼, 자신도 그렇게 되기를 바랐다. 다른 사람들이 걷고 있는 길을 장 대리도 걷고 싶었던 것이다.

그래서 그랬을 것이다. 떠오르는 태양의 모습을 보면서 머릿속에 들어온 질문 하나는 변화가 없는 장 대리를 계속 괴롭혔다.

그리고 늦은 밤까지 고민하다가 잠이 들었던 그때, 잠에서 깨서 일어나다가 보았던 것이다. 방 한구석에 오랫동안 방치되듯이 놓여 있던 책들을.

장 대리는 책을 많이 읽지는 않아도 필요할 때마다 책을 찾고는 했다. 중학교 때였다. 학교에서 선생님께서 한번 읽어보라고 하셔서 읽었던 소설이 있다. 최인훈의 〈광장〉. 어린 나이였기에 그 속의 내용을 이해하기는 무척 어려웠다. 이념은 무엇이고, 중립국은 또 무엇이란 말인가. 그런데 그 책 속에서 남녀 주인공의 정사를 묘사한 부분을 읽고 나서, 이상한 기분을 느꼈다. 뭔가 새로운 세계를 발견한 것 같은 느낌이었다. 이성에 호기심이 많은 사춘기 장 대리에게 그만한 발견이 없었을 것이다.

그래서 도서관에 가서 야릇한 제목을 가지고 있는 소설들을 몇 권 빌려보기도 했다. 처음엔 제목만 보고 빌려왔다가 낭패를 보기도 했다. 하지만 시간이 흐를수록 책을 선택하는 방법을 알게 되었다. 도서관에서 목차를 보고 내용을 일부 읽어본 후 책을 빌렸다. 그는 책을 읽는 데에서 즐거움을 얻을 수 있었다. 중고등학교 시절 틈틈이 책을 읽곤 했다.

대학교 때 경영학 전공을 하던 그는 '마케팅'이라는 분야에 관심과 흥미를 가지고 있었다. 마케팅 분야는 재미있고 흥미로운 사례들이 많이 있었다. 그는 열심히 공부했다. 전공 수업 중에 마케팅과 관련된 수업은 빠짐없이 수강했다. 하지만 그것으로 부족하겠다는 생각이 들어 찾았던 곳이 도서관이었다.

도서관에서도 마케팅과 관련된 책을 찾아서 보기 시작했다. 〈마케팅 불변의 법칙〉, 〈마케팅 천재가 된 맥스〉, 〈브랜딩 트렌드 30〉과 같은 책을 읽어 보면서 그는 마케팅과 관련된 지식을 쌓아나갔다. 그는 마케팅 분야에서 전문가가 되어야겠다고 다짐했다.

대학교 시절, 열정이 가득했던 때였다. 보다 나은 미래를 꿈꾸며 열심히 노력했던 시대였다. 밥 먹을 돈이 없어서 도서관 옥상에서 구름

과자(?)를 먹고 물을 마시며 허기를 달래기도 했었다. 하지만 집중해서 책을 읽으며 공부할 때에는 뿌듯했고, 즐겁기도 했다.

장 대리는 궁금했다. 그때 내가 가지고 있었던 열정은 모두 어디로 갔을까. 나 지금 잘하고 있는 것일까. 어째서 한동안 책을 거의 읽지 않았을까. 예전에 비해서 나이도 많이 먹은 지금, 어떤 책을 읽어야 하지?

머릿속 여러 질문들 때문에 속이 울렁거린다. 그럴 때마다 장 대리가 즐겨하던 것이 있다. 캔맥주를 마시며 벽에 기댄 채 텔레비전을 보는 것이다. 5명 정도의 사람이 모여서 이야기를 나누고 있었다.

"〈지킬박사와 하이드〉 읽어봤어요?"

"네? 그것은 뮤지컬 아닌가요?"

"1800년대에 로버트 루이스 스티븐슨이 적은 소설이 있어요. 소설 제목이 바로 〈지킬박사와 하이드〉죠."

아하, 그렇구나. 장 대리는 고개를 끄덕였다. 과거 서태지와 아이들이 불렀던 노래 〈제킬 박사와 하이드〉가 문득 생각났다.

"혹시 이런 책은요? 공자가 지은 〈논어〉, 세르반데스의 〈돈키호테〉, 에드워드 카(E.H.Carr)의 〈역사란 무엇인가?〉."

"알고는 있죠. 유명한 책이잖아요. 그런데 한 번도 읽어본 적은 없는 것 같아요."

장 대리 역시 그랬다. 어디서 주워들었는지 책 제목을 들어본 기억이 있었다. 하지만 읽어본 적은 없었다. 왠지 모르게 호기심이 생겨서 텔레비전을 계속 지켜본다.

"우리는 그런 책을 읽어볼 필요가 있어요. 책을 통해 우리가 얻을 수 있는 것이 무척 많습니다. 누군가의 흥미진진한 이야기를 듣고 알게 된 책, 책 속에서 원문은 여기서 가지고 왔다며 소개된 책. 보통 이런 책들은 우리가 여러 경로로 알게 되지만 잘 읽지 않게 돼요. 저도 그랬어요."

그는 고개를 끄덕인다. 그런 책들은 책 제목을 보는 것만으로도 머릿속이 어지러웠다. 굳이 읽어야 할 필요도 못 느꼈던 것 같다. 왜 읽어야 하는지는 잘 모르겠지만, 그래도 호기심이 생겼다. 세상에 오랫동안 존재했지만, 자신의 관심 밖에 있던 무언가를 마주친 느낌이었다.

텔레비전에서 이런 이야기가 흘러나왔다.

"들어봐서 알고 있지만, 한 번도 읽지 않은 책. 그런 책을 인문고전이라고 어떤 책에서 이야기하더라고요."

03

고전은 특별한 사람들이 읽는 책이 아니다

세상에는 크게 두 가지 종류의 책이 있다. 얇은 책과 두꺼운 책. 얇은 책은 읽기도 편하고 들고 다니기도 편해서 쉽게 읽을 수 있을 것 같다. 반면 두꺼운 책은 그렇지 못하다. 두꺼운 책은 그 책 속의 내용이 쉽든 아니든 우선 거리감부터 생긴다. '저 책은 나와 친해지기 힘들겠구나.'라는 생각도 하게 된다.

어느 책장에 그런 책들이 한 권씩 정리되어 있는 것을 보면, 가끔 책이 아니라 벽돌 같다는 생각이 든다. 벽돌이 가진 무게만큼 무거워서 꺼내기 힘든 책, 그리고 이해하기 어려워서 읽기 힘든 책, 도대체 무슨 말을 하는지 알 수 없는 책을 우리는 때때로 고전이라고 부르기도 한다.

'고전'과 같이 두꺼운 책이 서점 벽면 책장의 일부를 차지하고 있는 것을 보면 꽤 멋있어 보인다. 하지만 벽돌과도 같은 두께에 거리감이 느껴져서 선뜻 손이 가진 않는다. 사들고 집에 가서 두면 읽을 것 같아서 집에 가져다 두지만 그 책은 책장의 한 구석을 열심히 지키고 있을 뿐이다. 인테리어 효과는 있는 것 같은데, 그 이상의 효과는 없다.

책은 누군가에 의해서 읽힐 때, 진짜 '의미'가 있다. 책장에 꽂혀 있기보다 책상 위에 있어야 한다. 책상 위에 있기보다 누군가의 손 위에 있어야 한다. 그리고 덮여 있기보다 펼쳐져 있어야 한다. 펼쳐져 있어야 우리는 책을 통해 저자가 하고자 하는 이야기를 들을 수 있다.

서점의 진열대에서 많이 볼 수 있는 베스트셀러도 스테디셀러도 마찬가지다. 누군가의 손 위에 펼쳐져 있는 책은 세상을 향해 열려 있는 것과 같다. 그 책 속의 이야기가 한 명 한 명을 거쳐서 퍼져나갈 수 있기 때문이다.

인문고전도 마찬가지다. 누군가의 손 위에서 읽혀야 한다. 하지만 장 대리는 텔레비전을 통해서 유명한 사람들의 이야기를 들어서 그런지, 호기심은 가지만 손이 움직이지 않았다. 고전은 특별한 사람들만 읽는 것 같았다.

장 대리는 서점에 가서 책을 두 권 구매했다. SF소설과 인문서 한 권이었다. 그리고 퇴근 후 조금씩 읽어나갔다. 그러던 중 친한 후배한테서 연락이 왔다.

"오빠, 잘 지내세요?"

"응. 잘 지내지. 너는?"

"저도 잘 지내죠. 오빠 저번에 샀다는 책 잘 읽고 있어요?"

"그냥 천천히 읽고 있어."

"아, 오빠. 혹시 독서 모임 나가볼 생각 없나요?"

"뭐? 독서 모임?"

"네. 저번에 한 번 가봤었는데, 오빠가 책 읽고 있다고 해서 같이 가 보면 좋을 것 같아서요."

"가서 조용히 책 읽다가 오면 되는 모임이야?"

"책을 읽으러 가는 게 아니라 각자 읽은 책에 대해서 이야기해 주는 거예요. 근데 이게 참 좋은 게 우리는 한 권만 읽고 가지만, 다른 사람이 읽은 책 이야기를 듣다 보면 10권을 읽은 효과가 나기도 하죠."

1권을 읽고 10권의 효과가 있는 책 읽기라니. 세상에 이렇게 좋은 독서가 또 어디에 있을까. 장 대리는 한번 가봐야겠다고 생각했다.

3주 정도의 시간이 흘렀다. 장 대리는 후배와 함께 독서 모임에 참석했다. 20명 정도의 인원이 모였고, 그룹이 2개로 나눠졌다. 사람들은 각자 자신이 읽은 책에 대해서 이야기했고, 설명을 들은 사람들은 궁금한 점을 질문했다.

장 대리와 같은 그룹에 속해있던 사람 중 한 명이 소개한 책이 한 권 있었다. 바로 영국의 대문호인 윌리엄 셰익스피어가 쓴 〈햄릿〉이었다. 그가 소개했던 말 중 첫마디가 장 대리의 기억 속에 남았다. 〈햄릿〉이 셰익스피어의 4대 비극 중 하나로 인문고전에 들어간다고 했던 설명이었다.

장 대리가 먼저 주목한 것은 책의 두께였다. 인문고전이라고 하면 당연히 두꺼운 책이어야 하지 않은가? 그런데 그렇지 않았다. 〈햄릿〉의 두께는 얇았다. 자신이 읽어도 일주일이면 충분히 다 읽을 수 있을 것 같았다.

〈햄릿〉 역시 너무 어려워서 읽기 힘든 내용은 아니었다. 고전이라면 읽기 어려워서 중간에 포기하게 되는 것은 아닐까 하는 생각이 들었지만, 꼭 그렇지도 않을 것 같았다. 내용이 흥미진진할 뿐만 아니라 어디서 들어봤던 익숙한 문구도 있었다. '죽느냐 사느냐, 이것이 문제로다.'

그리고 고전을 꼭 대단한 사람들만 읽는 것은 아니었다. 〈햄릿〉을 소개해준 사람은 장 대리와 똑같은 직장인이었고, 출근 전과 퇴근 후를 이용하여 책을 읽는다고 했다. 그 사람이 했던 이야기를 들으면서 장 대리는 고전에 대해서 다시 한번 생각해보게 되었다.

여기서 '고전'의 사전적 정의를 알아보자. 고전은 '오랫동안 많은 사람들에게 읽히고 모범이 되는 작품'을 말한다. 고전의 정의에는 어렵고 두꺼운 책이라는 설명이 없다. 독서 모임에 참석한 어느 회사원과 같이 평범한 사람도 충분히 읽을 수 있는 책이기도 했다. 사전적인 정의를 살펴봐도 그렇지 않은가. 두껍고 어려운 책이라면 많은 사람들에게 읽힐 수 있을까? 물론 고전 중에는 두껍고 어려운 책도 있을 것이다. 하지만 〈햄릿〉의 예만 보더라도 모든 고전이 그렇지는 않을 것이라는 것을 알 수 있다.

자신도 모르는 사이에 장 대리와 고전 사이에 보이지 않는 벽이 만들어져 있었다. 굳이 장 대리만이 그런 것은 아닐 것이다. 인문고전을 읽는다고 주변 사람에게 이야기하면 '와, 그런 책도 읽어?', '오, 그런 책을 읽어?', '그 책 어렵지 않아?'와 같은 반응을 보이곤 한다.

인문고전은 특별한 사람들이 쓴 책이다. 하지만 그렇다고 해서 특별한 사람들만 읽으란 법은 없다. 그 책의 저자들도 처음 태어날 때에는 다른 아이들이 그런 것처럼 울음을 터뜨리며 세상에 나왔다. 태어날 때부터 특별하게 태어나는 사람은 없다. 우리와 똑같은 사람이 쓴 책일 뿐이다. 고전에 대해서 거리를 두고 접근할 필요는 없다.

인문고전에 대해서 우리가 가지고 있는 벽을 부숴야 한다. 편견과 선입견은 우리를 좁은 세상에 가둬 두고 앞으로 나가지 못하게 한다. 이것은 큰 문제이다. 인문고전은 두껍고 어려워서 특별한 사람만 읽을 수 있는 책이 절대 아니다. 누구나 읽을 수 있다. 읽으려고 시도해 보지도 않아서 그렇지 막상 읽다 보면 다른 재미를 느낄 수 있으며 한 권을 다 읽을 수도 있을 것이다.

사람마다 이해하는 정도는 다를 수 있겠지만, 누구나 읽을 수 있다. 고전을 접하기에 앞서서 고전과 우리 사이의 거리감을 먼저 좁힐 필요가 있다. 보통 사람들 역시 고전을 읽을 수 있고, 그에 대해 누군가와 이야기를 할 수 있음을 기억해 주었으면 한다.

04

지금 읽지 않으면 언제 읽을 것인가

장 대리는 책을 읽고 있었다. 그가 보기에 독서 모임은 꽤 괜찮았다. 다른 사람들의 이야기를 듣다 보니 이 세상에 책이 정말 많다는 것을 알게 되었다. 그리고 독서 모임에는 재미있는 소설을 지루하게 이야기해 주는 사람도 있었고, 어려워 보이는 책을 쉽고 흥미를 가질 수 있도록 이야기해 주는 사람도 있었다.

일주일에 한 번씩 열리는 독서 모임에 참석하기 위해서는 일주일에 한 권씩 책을 읽어야만 했다. 일주일에 한 권씩 읽는 것, 그 자체도 장 대리에게 큰 도전이었다. 어릴 때 내용이 흥미롭고 재미있는 소설을 밤새가며 읽었던 기억은 있지만, 꾸준하게 일정 기간 동안 책을 읽어본 적은 없다. 그렇다고 매번 자신이 구매한 책이 재미있으리라는 보장은 없지 않은가.

여전히 회사에서의 업무는 바쁘고, 야근은 계속된다. 그리고 회식은 또 왜 이렇게 많은 것인지. 피곤함과 술기운 때문에 퇴근 후 읽으려고 마음먹었던 책들은 어느새 뒷전으로 밀리기 일쑤다.

장 대리는 학창 시절 때부터 역사에 관심이 있었다. 역사 관련 도서를 읽기 좋아했다. 역사 속의 어떤 사실을 작가 고유의 시각으로 해석해 준 책도 좋았고, 역사적 사실을 바탕으로 한 소설도 자주 읽었다. 책 읽기가 지루할 때는 종영된 역사 드라마를 다시 보기도 했다. 역사가 문사철(문학, 역사, 철학)로 나눠지는 인문학의 일부라는 것을 알게 된 것은 최근의 일이다.

많은 사람들이 어렵게 느낄 수도 있는 역사를 그는 좋아했다. 그가 좋아하는 작가는 〈로마인 이야기〉로 유명한 시오노 나나미였다. 그녀는 〈로마인 이야기〉뿐만 아니라 유럽의 고대 및 중세, 근대 역사에 관련된 여러 책을 썼다.

장 대리가 읽었던 책 중에는 시오노 나나미가 쓴 책이 여러 권 있다. 〈로마인 이야기〉 외에도 〈나의 친구 마키아벨리〉, 〈바다 위 도시 이야기〉, 〈십자군 이야기〉, 〈로마 멸망 이후의 지중해 세계〉등이 있었다.

그는 어린 시절을 생각해봤다. 고등학교 시절, 역사 과목이 왜 그렇게도 재미있고, 흥미로웠던지 말이다. 그런데 어째서 사학과를 선택하지 않았는지 또 생각해 봤다. 그는 역사가 자신의 삶을 바꿔주지는 못 할 것이라고 생각했다. 우리의 삶을 바꿔줄 수 있는 것, 자신의 삶을 바꿔줄 수 있는 것은 경영학이라고 믿었다. 대학교 가서 열심히 공부해서 직장생활도 하고 돈 모아서 나중에는 내 사업도 해야지. 나중에는 결국 사장님이 될 거야. 이런 생각이었다.

역사뿐만 아니라 문학과 철학도 마찬가지라고 생각했다. 문학 공부해봐야 작가로서 배고픈 삶을 살아갈 것이야. 그리고 철학? 그런 거 배워서 뭐해? 머리만 아플 뿐 나는 돈을 잘 벌어서 잘 먹고 잘 살 거야. 그것이 중요해.

인문학이라고 하면 많은 사람들이 어렵게 생각한다. 그것은 학창시절을 거치며 느꼈던 어려움 때문일 것이다.

'국사'. 수십만 년 전에 우리 땅에 있었던 토기의 이름을 왜 암기해야만 하는 것일까. 연도를 잘못 외우는 바람에 한 문제를 놓쳐서 내신이 2등급으로 떨어지게 되었구나. 시험을 위한 공부는 우리에게 암기를 강요한다. 머릿속에 지식을 투입하는 것 중에 가장 간단한 방법이 암기이기 때문일 것이다.

그리고 장 대리의 고등학교 시절에는 '문학'이라는 교과 과정도 있었다. 하지만 우리는 지문 속에서 핵심을 간추리거나 단편적 사실을 파악하는 데 치중해왔다. 알게 모르게 우리의 머릿속에는 오랜 세월에 걸쳐 명성을 쌓은 위대한 작가들의 이름과 작품이 축적되었다. 빅토르 위고의 〈레미제라블〉, 바스콘셀로스의 〈나의 라임 오렌지 나무〉, 리처드 바크의 〈갈매기의 꿈〉, 허균의 〈홍길동전〉 등등.

정작 지문 속에서 여러 작품들을 만나서 그들의 이름은 알고 있지만, 실제로 그 작품을 처음부터 끝까지 읽어보지는 않는다. 문제 풀이를 위해 만난 문학은 그저 내신과 수능에서 좋은 성적을 얻기 위해 올라야 하는 계단일 뿐이다.

'철학'. 철학이라는 과목은 고등학교 교과 과정에는 존재하지 않는다. 사실 어렵고 난해하기도 하지만 그 범위가 광범위하다. 하나의 교과목으로 정해서 배워 나가기에는 너무 범위가 넓다. 배운다고 해도 결국 피상적인 지식이나 개념 정도에서 그치게 된다. 그나마 윤리나 사회 과목을 통해서 철학자들의 이야기를 조금씩 듣는 정도. 그리고 철학자들의 난해한 이야기를 듣다 보면 결국 철학은 어려운 것, 나와는 거리가 먼 것이라는 관념의 벽이 생겨나게 된다.

하지만 문학, 역사, 철학이 가지고 있는 하나의 공통점이 있다. 바로 우리의 삶에 대한 이야기라는 것이다. 여기서 말하는 삶은 단지 각자 개개인의 삶만을 의미하지 않는다. 인간은 다른 사람들과의 관계 속에서 살아가게 되어 있다. 그 누구도 혼자서 살 수 없다. 심지어 혼자서 밥을 먹고 혼자서 영화를 보고 혼자서 술을 마시고 혼자서 일을 하고 혼자서 여행을 가는 사람조차도 말이다. 그는 혼자서 모든 것을 하면서 살아간다고 생각하지만 그렇지 않다. 사회라는 복잡한 시스템 속에서 타인과 얽혀서 살아가게 마련이다.

그 속에서 바쁘게 살아가는 우리는 자신 스스로의 삶에 대해 생각할 시간을 갖지 못한다. 열심히 일하고 노력했음에도 불구하고 월급 통장에 들어오는 돈은 작년과 올해 똑같다. 그래서 분노하고 힘들어

하지만, 시간이 지나면 그에 순응하며 일상으로 돌아간다. 장 대리가 몇 년간 그렇게 살아왔던 것처럼 말이다.

하지만 문학, 역사, 철학 관련 도서를 읽다 보면 우리의 삶을 생각해 볼 수 있는 기회를 마주할 수 있다. 그저 허구와 상상 속의 이야기이고, 오랜 옛날 유명한 사람들의 이야기이고, 난해한 말을 하는 사람들의 이야기일 수도 있다. 하지만 그 이야기를 적은 사람도, 그 이야기 속의 주인공도 모두 우리와 같은 사람이다. 인문학은 우리의 삶과 별개로 떨어져 있는 것이 아니라 우리의 삶 그 자체인 것이다.

인문고전에 인문학의 진수가 담겨 있다. 가깝게는 30년에서 멀게는 2000여 년까지 많은 사람들의 손을 따라 전해져 온 책이다. 그 책의 저자들은 많은 양의 책을 읽고 깊게 사유하고 자신이 경험하고 생각했던 바를 글로 옮겼을 것이다.

비록 그들의 글을 읽는다고 해서 바로 우리가 위대한 삶을 살아갈 수 있는 것은 아니다. 하지만 방황을 멈추고 표류를 멈추고 방향을 제대로 잡고 나아가기 위해서는 우리의 삶에 대해서 적힌 고전을 읽어야만 한다. 장 대리의 머릿속에서는 여러 생각이 물결을 치고 있었다.

'언제까지 이렇게 하루하루를 살 수는 없다. 내 삶에도 무엇인가 변화가 필요해.'

세상에는 두 가지 부류의 사람이 있다. 좋은 생각이 떠오르면 바로 실천으로 옮기는 사람과 머뭇거리다가 시간을 흘려 보내고 후회하는 사람. 장 대리는 보통 후자에 속했다. 하지만 이번만큼은 바로 실천으로 옮겨 봐야겠다고 생각했다. 차에 시동을 걸었다. '그래, 지금 시작하지 않으면 또 언제 시작할 수 있을까.' 속으로 이렇게 이야기하면서 말이다.

05

고전은 극복되어야 할 그 무엇이다

장 대리는 서점에 도착했다. '일단 책을 사 두면 읽게 되지 않을까?' 그런 생각에 고전을 몇 권 사려고 했다.

무작정 찾아간 서점이었다. 최근 온라인 서점에서 책을 구매한 적은 있지만, 오프라인 서점에 책을 사기 위해 찾아간 것은 오랜만이었다. 여러 책들이 매대 위에 전시되어 있었고, 색감이 예쁘고 알록달록한 표지와 눈에 확 들어오는 제목의 책들이 눈앞에 들어왔다. 어떤 책을 읽어야 할까. 자신이 읽어야 할 고전을 몇 권 사러 왔다는 목적을 잠시 잊고, 그는 예쁘게 잘 포장되어 있는 책들의 유혹에 빠져들었다. 베스트셀러와 스테디셀러 코너에서 서성이며 여러 책들을 들춰 봤다.

우리는 현재 자본주의의 시대에 살고 있다. 인정하기 싫지만 돈의 논리로 많은 것이 결정되는 것이 현실이다. 돈이 다소 부족하더라도 살아갈 수는 있다. 하지만 자신이 하고 싶은 것을 누구보다 빠르고 쉽게 성취하기 위해서는 돈이 필요하다. 어학연수만 해도 그렇지 않은가. 돈이 많이 있는 사람은 자신이 갈 수 있는 시기를 결정하여 가기만 하면 된다. 하지만 돈이 부족한 사람은 연수에 드는 비용을 어떻게든 마련해야 한다. 돈이 많은 사람은 돈이 부족한 사람보다 쉽게 자신이 원하는 일을 할 수가 있다.

이런 자본주의의 논리에서 '책'도 자유롭지 못하다. 작가와 출판사가 '출판계약'을 맺으면 그때부터 책이 잘 팔리게 하기 위해서 각자의 노력이 시작된다. 출판사는 대중의 입맛에 맡게 책의 표지를 만들고, 독자들의 눈에 띌 수 있는 제목을 만든다. 그리고 SNS로 사람들에게 책에 대한 내용을 알려주기 위해서 카드 뉴스도 제작한다. 작가는 강연회나 북토크를 통해 독자들과의 만남을 준비하고, 자신이 가진 SNS 계정을 활용하여 책이 곧 출간될 것임을 알린다. 그리고 책 속의 내용도 괜찮다면 책은 베스트셀러 코너에서 독자들을 기다리게 된다.

베스트셀러는 서점에서 가장 잘 보이고, 사람들에게 눈에 많이 띄는 장소에 전시된다. 반면 다른 책들은 분야별로 나누어져 자신의 영역을 할당받는다. 거기서 사람들의 주목을 받을만한 책이라면 표지가 잘 보이도록 진열대에 놓인다. 하지만 거기서도 외면받은 책들은 벽면에 있는 책장으로 이동한다.

장 대리가 찾아간 서점의 베스트셀러 코너에는 인문고전이 없었다. 대략 30분 정도가 흘렀을까. 그 자리에서 오락가락하던 장 대리는 깨달았다. 내가 찾는 책은 베스트셀러 코너에 없다는 것을. 사실 무턱대고 서점에 찾아오긴 했으나, 어떤 책을 사야 할지를 결정하지 못했다. 고전을 읽어봐야겠다고 마음먹긴 했으나, 어떤 책이 좋은지를 몰랐던 것이다. 길거리에서 어디로 가야 할지 갈피를 못 잡고 방황하는 사람처럼, 장 대리는 서점의 이곳저곳을 방황했다.

해봐야겠다고 결심은 했지만 방법을 모를 때가 있다. 모든 사람이 다 그런 건 아니지만 특히 장 대리의 경우가 그렇다. 고전을 읽어야겠다는 생각이 들자마자 무작정 서점으로 달려온 것이었다. 지금 그가 읽고 싶고 사야 할 책을 쉽게 못 찾는 것은 그런 이유가 있다.

잘 모르기 때문에 시작된 방황은 빨리 끝날 수도 있지만 길게 이어질 수도 있다. 중요한 것은 그 방황의 시간을 나쁘게 받아들이지 말아야 한다는 것이다. 방황을 하고 있다는 것은 무엇인가를 찾기 위해 길을 떠난 것과 마찬가지이기 때문이다. 우리는 방황을 통해 시간을 허비하고 있다고 생각할지 모르겠지만, 우리의 삶이 길다는 것을 상기해 보면, 방황은 우리의 삶의 방향을 설정할 수 있도록 도와주는 훌륭한 도구와 같다.

사실 고전은 쉽게 읽히지 않는 책이다. 베스트셀러들은 대부분 흥미롭고 재미있는 소재를 읽기 쉽게 풀어써서 많은 사람들이 읽을 수 있다. 물론 베스트셀러 중에도 두꺼운 책도 있기 마련이다. 그럼에도 불구하고 인내심을 가지고 읽다 보면 내용을 이해할 수 있다. 하지만 고전은 그렇지 않은 경우가 많다. 도저히 무슨 말인지 알 수 없는 경우도 있다. 그래서 당황한다. 아, 이런 이 글은 대체 무슨 뜻이지? 이런 생각을 수십 번 반복하게 된다. 심지어 사람이 쓴 글이 맞나? 하는 당혹감이 들 때도 있다.

고전이 읽기 어려운 이유 두 가지가 있다. 첫째, 고전을 쓴 사람들은 우리와 다른 시대를 살았기 때문이다. 그들은 우리와 시간적으로 공간적으로 많이 떨어져 있다. 지금 우리와 동시대를 살아가고 있는 다른 사람의 이야기도 잘 이해하지 못하는 경우가 많다. 하물며 시공간적으로 멀고도 먼 시대의 사람들의 이야기에 100% 공감하며 읽는 것은 쉽지 않은 일이다.

둘째, 고전을 쓴 사람들은 당대에도 고전으로 일컬어질 수 있는 책들을 읽고 남다른 사고방식을 가지고 있었기 때문이다. 고전을 쓴 저자들은 대부분 책을 많이 읽은 독서광이기도 했다.

고대 로마의 정치가이자 장군으로 유명한 율리우스 카이사르도 마찬가지였다. 전쟁터에서 그는 병사들을 지휘하는 유능한 장군이었다. 한편으로는 여자 친구가 많아서 비싼 선물을 사기 위해 돈을 많이 쓰기도 했다. 이 두 가지 모습을 봤을 때 그는 책과는 먼 사람인 것 같다.

하지만 그는 고대 로마에서 손꼽히는 독서광이었다. 그의 독서량은 당대에 타의 추종을 불허했다고 한다. 그가 쓴 〈갈리아 전쟁기〉가 당대에 베스트셀러가 된 것은 독서를 통해 단련된 남다른 사고방식과 통찰력을 가지고 있기 때문이다.

천재들의 남다른 사고방식과 통찰력을 그대로 읽어내는 것이 쉬운 일은 아니다. 그들이 살았던 시대를 우리는 살 수 없기 때문에, 그들의 시대를 쉽게 이해할 수 없다. 더 나아가 시대가 낳은 천재가 쓴 책이라면 그들의 사고방식을 따라가기 힘들 수도 있다.

고전을 읽다가 마주치는 사람들의 어려움은 제각기 다르다. 사람마다 가지고 있는 경험이 다르기 때문이다. 그리고 그 어려움 때문에 사람들은 벽을 마주했다는 느낌을 받곤 한다. 그 벽 앞에서 이렇게 이야기할 수도 있다. "뭔 개 소리야?"

장 대리는 서점에서 책을 고르기도 전에 어려움을 느꼈다. 고전을 읽기 시작하기도 전에 벽을 마주한 느낌이었다. 막막했다. 아, 어쩌나 하는 생각을 가지고 주위를 둘러보던 중, 눈에 띄는 책을 한 권 발견했다. 표지에 여러 글자가 적혀 있었다. 그런데 그중 선명하게 들어온 네 글자가 있었으니 바로 '인문고전'이었다. 인문고전 독서에 대해서 이야기해 주는 책이었기에 자신에게 도움이 될 것이라고 생각했다.

호기심을 가지고 책을 넘겨보던 그는 이 책이 자신에게 도움이 되겠다는 확신이 생겼다. '이 책을 읽어 봐야겠어.' 고전을 지도라고 한다면 그 책은 마치 나침반과 같은 책이었다. 자신이 어느 방향으로 가야 할지를 알려주는 책이었다.

모든 사람들은 살아가면서 한 번쯤 벽을 만나게 된다. 삶의 순간순간, 자신의 앞을 가로막는 벽이 등장할 수 있다. 이를 극복하느냐 마느냐에 따라 우리는 변화의 길을 가거나 아니면 출발선으로 돌아갈 수 있다. 변화하는 것은 쉽지 않다. 누군가 이야기했던 관성의 법칙에 따라 편안한 일상에 안주하려고 하는 습성을 가지고 있기 때문이다. 하지만 우리 앞에 하루하루를 그렇게만 살아간다면 우리의 삶이 너무나 단조로워질 것이다.

우리가 걸어가는 길을 막는 벽을 마주했을 때 용기를 잃지 않았으면 좋겠다. 그래서 피하지 않고 도전해봤으면 한다. 극복해봤으면 좋겠다.

인문고전도 마찬가지다. 그 책이 어렵게 느껴지더라도 책장을 펴볼 수 있는 1g의 용기가 있기를 바란다. 1g의 용기로 책장을 한 장씩 넘길 수 있었으면 좋겠다. 완전히 극복할 수 있을지 없을지는 모른다. 하지만 1페이지씩 넘겨 가며 읽는 것 그 자체만으로도 박수받을 만하다. 도전은 그 자체로 대단한 것이기 때문이다.

06

장 대리는 매일 고전을 읽기로 했다

밤 10시였다. 어느 가정집에서는 네 식구가 텔레비전 앞에 모여 앉아 오늘 있었던 일들을 서로서로 이야기하고 있었다. 반면 장 대리는 아직 퇴근하지 못하고 사무실에 앉아 있었다. 고층 건물의 수많은 사무실 중에 오로지 그가 일하고 있는 곳만이 환하게 불을 밝히고 있었다.

오늘 하루 종일 손과 발에 땀이 나도록 일을 했건만, 밤늦은 시간까지도 그의 일은 끝나지 않았다. 출근한 지 14시간이 지났다. 그는 일을 더 해야 한다고 생각하지만 몸에서 반응이 오기 시작했다. 그의 입에서 하품이 계속 나왔다.

다음날 아침 출근하면서 장 대리는 그의 회사 생활을 돌이켜 봤다.

이 회사에 입사한 덕분에 부모님으로부터 독립을 할 수 있었다. 자신이 먹고 싶은 것도 먹을 수 있었고, 하고 싶은 것도 할 수 있었다. 하지만 그게 삶의 전부는 아니라는 생각이 들었다. 진정으로 자신이 잘 살고 있는가라는 의문이 들었다.

자본주의는 사람들이 8시에 출근하면 5시에 퇴근하게 하는 '시스템'을 만들었다. 하지만 이 시스템은 완벽하지 않았고, 어떤 사람들은 정시에 퇴근하지 못하고 남아서 일을 해야만 했다. 이럴 때 '잔업', '야근'과 같은 용어를 쓴다. 많은 사람들이 이 '시스템' 속에서 하루하루를 살아간다. 우리에게 일을 강요하는 '시스템' 속에서 개인은 바쁜 일상에 파묻히게 된다. '시스템'은 유지되고 잘 돌아가는 것처럼 보이고 그 안의 개인의 삶은 피폐해져 간다.

장 대리는 문득 이렇게 살아서는 안 된다는 생각이 들었다. 이런 삶은 자신이 살고 싶었던 삶이 아니었다. 고민은 시작되었고, 그에게는 해답이 필요했다. 하지만 쉽사리 답은 나오지 않았고 그의 고민은 깊어져 갔다.

장 대리는 우연히 '고전 읽기'에 대해서 이야기하는 책을 읽게 되었다. 그 책 속에는 '인문고전'은 무엇이고, '인문고전'을 왜 읽어야 하며, '인문고전'을 읽으면 무엇이 달라지는지에 대한 내용이 들어 있었다.

그리고 이런 내용도 있었던 것으로 기억한다. '평범'하게 살기보다

'비범'하게 살기 위해서는 고전을 읽을 필요가 있다고. 고전을 읽으면 천재들의 사고방식을 따라감으로써 남들과 다른 생각을 할 수 있는 힘이 생긴다고 했다.

장 대리는 거대한 시스템 속의 먼지 하나로 인생을 끝내지 않기 위해서 고전을 읽어야겠다고 마음을 먹었다. 남들과 다른 생각을 한다는 것은 곧 자기 스스로 생각할 수 있는 힘이 있다는 것과 같다. 이게 무슨 대단한 능력이냐고 말할 수도 있지만, 절대 그렇지 않다. 남들과 같은 생각을 가지고서는 남들과 다름없는 삶을 살게 된다. 시스템 속의 다른 사람들과 똑같이.

그는 고전을 읽음으로써 자신이 천재가 될 것이라는 생각은 하지 않았다. 다만 지금보다 나은 삶을 살 수 있을 것이라고 생각했다. 바다 위에서 거센 파도를 만나서 어쩔 줄 모르고 방황하는 것이 지금의 모습이라면 고전을 읽고 난 후에는 다를 것이라고 장 대리는 믿었다. 책을 읽는다고 거센 파도를 만났을 때 유용하게 쓸 수 있는 매뉴얼이 생기지는 않을 것이다. 하지만 그에게 어떤 힘든 상황이라도 이겨낼 수 있는 힘을 기를 수 있을 것이라고 확신했다.

하지만 고전 한두 권을 읽어서는 안 될 것 같았다. 변화를 위한 노력은 누적이 되어야 하며, 변화는 누적되는 량에 비례하지 않는다. 다만 천천히 그 변화는 이루어지게 마련이다. 고전 읽기를 어떻게 하면 좋을까. 이런저런 생각을 해 본 장 대리는 '인문고전을 100권 읽어보자.'고 다짐했다.

책 100권은 많은 수치이기도 하지만, 그렇지 않기도 했다. 인스타그램에 보면 한 달 동안 자신이 읽은 책을 보기 좋게 이미지로 정리해서 보여주는 사람들도 있다. 한 달에 20권 이상 읽는 사람도 많았다. 그렇게 보면 책 100권을 읽는다는 것은 엄청 대단한 일이 아닌 것 같기도 했다.

하지만 '인문고전 100권'을 읽는 건 의미가 남다를 것이라고 장 대리는 생각했다. 다 읽었을 때 자기 자신에 대한 뿌듯함이 생길 것이고, 자신감이 생길 거라고 기대했다. 게다가 지금 이 세상을 살아가고 있는 '나'에 대해 보다 잘 이해할 수 있게 될 것이다. 그리고 '나'를 둘러싼 세상도 더 잘 이해가 될 것이다. 장 대리는 이를 통해서 지금까지와는 다른 삶을 살 수 있는 계기를 만들 수 있을 것이라고 믿었다.

그런데 시간이 문제다. 100권이라는 책을 언제 다 읽는다는 말인가. 막막해지기 시작한다. 하지만 100권을 읽는 데 시간제한을 두지 않는다면 어떨까.

장 대리는 3년 내로 다 읽으면 좋겠다는 생각을 했지만, 그 목표를 절대적인 것으로 생각하지 않기로 했다. 책을 읽다 보면 읽기 어려운 책들도 분명히 마주치게 될 것이다. 그리고 봤던 페이지를 보고 또다시 봐야 할 수도 있다. 게다가 장 대리는 여전히 직장인이었고, 먹고사는 것에 관한 현실 문제를 해결해야만 했다.

대신 장 대리는 인문고전을 매일 읽기로 결심했다. 하루도 빠짐없이 매일매일. 책 속의 내용이 어려워 이해가 어렵다 해도 꾸준히 읽어 보기로 했다. 지루함을 느낄 수 있더라도 끝까지 한번 읽어 봐야겠다고 다짐했다. 느리고 더딜지라도 그 속의 의미를 이해하기 위해 노력하고 사색해 보며 자신의 삶에 적용해보려는 과정 속에서 자신이 얻을 수 있는 것이 많을 것이라고 확신했다.

장 대리는 '고전 읽기'를 추천해 주는 책을 몇 권 더 읽고, 인터넷으로 검색을 해 보며 직접 100권 리스트를 작성해 보았다. 무턱대고 막 적어나가다 보니 중복된 것도 많았고, 저자나 책의 이름에서 오류가 발생되기도 했다. 중복된 부분들은 제외하고 잘못된 부분들은 수정했다. 그렇게 한 달 정도의 시간에 걸쳐서 인문고전 100권 리스트가 완성되었다.

그는 고전을 읽어야겠다는 다짐을 하고, 읽어야 할 책의 목록을 100권 작성했다. 이제는 한 권씩 읽어 나가면 된다.

물론 힘든 길이 될 수도 있음을 알고 있다. 하지만 장 대리는 해 보고 싶었다. 어떤 이들은 고전을 읽게 되면 사고방식에 혁명이 일어나서 천재의 두뇌를 가지게 된다고 이야기했다. 천재의 두뇌? 거기까지는 필요가 없을지도 모른다. 다만 장 대리는 자신의 삶에 변화를 주기 위한 작은 힌트 하나를 원했다. 이를 통해 자신의 삶이 조금씩 바뀌어 갔으면 좋겠다고 생각했다. 고전이 자신의 삶을 긍정적인 방향으로 이끌어 줄 것이라고 믿었다.

"띠딕 띠딕 띠딕 띠딕"

여전히 어둑어둑한 새벽 4시 45분. 알람이 울린다. 장 대리는 일어나 세수를 하고 머리를 감고 책상에 앉는다. 매일 고전을 읽기로 결심한 지 일주일째. 새벽 기상은 쉽지 않았지만 그는 고요한 새벽녘에 고전 속 여러 인물들을 만날 수 있는 그 시간이 좋다. 그들이 얘기하는 소리에 집중할 수 있는 자신만의 시간. 장 대리는 매일 하루를 인문고전 읽기로 시작하고 있었다.

07

고전은 오래된 보물지도와 같다

멀리 떨어진 곳을 혼자서 찾아가 본 적이 있는가. 우리가 목적지를 찾아가는 두 가지 방법이 있다고 가정해 보자. 첫 번째 방법은 내비게이션을 이용하는 것이다. 아주 쉽게 찾아갈 수 있을 것이다. 자동으로 안내해 주는 음성과 우리 앞에 표지판을 보면서 차를 운전하게 된다. 출발지와 목적지 사이의 거리에 따라 시간은 달라질 수 있다.

두 번째 방법은 지도를 이용하는 것이다. 초고속 인터넷 통신망이 전국에 설치되어 있는 현재를 생각해 볼 때, 뭔가 어색하다. 하지만 함께 상상해 보자. 당신에게는 지도 한 장과 차 한 대가 주어져 있고, 그 외에는 어떤 교통수단도 없다. 출발은 그나마 수월하게 할 수 있을 것이다. 지도에서 출발지와 목적지의 위치에 따라 어떤 길을 갈지 선택할 수 있다.

그 이후가 어렵다. 시작에서 끝까지 어떻게 가야 할지 알려주는 내비게이션과 달리 우리는 지도를 보면서 직접 정해야 한다. 상당히 복잡하다. 지명에 익숙해져야 한다. 지도상의 지명과 거리 위의 표지판 지명도 확인해야 한다. 그리고 길 이름에도 익숙해져야 한다. 지금 내가 가고자 하는 곳까지 어떤 길을 이용해야 하는지. 고속도로와 국도의 번호는 물론이고, 그 도로를 이용할 때 어디를 갈 수 있는지 알아야 한다.

그런 경험이 없는 사람이라면 도저히 혼자서는 지도를 보며 길을 못 찾겠다고 투덜대는 사람도 있을 수 있다. 그래서 주변에 있는 사람들에게 이렇게 물어볼 수도 있다.

"지금 여기(출발지)에서 저기(도착지)로 가려고 하는데 어떻게 가야 할까요?"

"저 앞에 보이는 사거리에서 우회전 한 다음에 쭉 직진하다가 음… 3번째 사거리에서 경찰서 방향으로 우회전하고 음… 거기서부터 다시 직진하다 보면 갈 수 있어요."

복잡해 보이지만 왠지 갈 수 있을 것 같다. 복잡해 보이는 지도를 읽는 대신 몇 마디로 요약해 준 현지 주민에 감사해하며 출발한다. 하지만 헷갈리기 시작한다. 말해준 대로 우회전은 했는데 사거리는 도대체 언제 나오는 것인지 도통 알 수가 없다. 그래서 차를 세운다. 그리고는 지나가던 누군가를 붙잡고 또다시 물어본다.

장 대리는 학창 시절 사진반 활동을 했던 적이 있다. 사진에 흥미가 있었던 것은 아니었다. 다만 친한 친구를 따라서 가입했을 뿐이었다. 매년마다 가을에 학교에서 축제가 열릴 때 사진전이 진행되곤 했다. 장 대리 역시 사진을 찍어서 담당 선생님에게 제출해야 했다. 그가 가지고 있었던 문제는 사진반 소속이었는데 정작 그동안 사진을 한 장도 찍지 않은 것이었다.

지인에게 카메라를 빌린 그는 보이는 족족 사진을 찍기 시작했다. 잘 찍든 못 찍든 일단 제출해야 했다. 찍은 사진이 액자 속에 담겨서 전시될지 안 될지는 나중의 문제였다. 그렇게 막 찍은 수십 장의 사진과 필름을 제출했다. 전시회 때 자신의 사진은 전시되지 않겠구나 하는 생각도 들었다. 그래도 제출하고 나니 마음은 후련했다.

그렇게 며칠이 흘렀고 학교 축제는 시작되었다. 장 대리는 친구들의 공연을 보며 감탄했고 그동안 전혀 보지 못했던 친구들의 새로운 모습에 놀라워했다. 사진전은 생각도 하지 않고 있었는데, 친구를 따라 사진이 전시되어 있는 교실에 도착했다. 담당 선생님도 없고 그저 조용했다.

사진을 보면서 빠르게 발걸음을 옮기는데 장 대리를 멈추게 한 사진이 있었다. 왠지 모르게 익숙한 느낌의 사진이었다. 그 사진은 왕복 2차선 포장도로였다. 도로 옆에 나무들이 듬성듬성 서 있었다. 하늘에는 구름이 조금 끼어 있었다. '이게 대체 무슨 사진이지? 그냥 도로인데?'라는 생각을 하며 제목을 봤다. 〈인생이란 무엇인가〉. 길 하나 대충 찍어놓고 인생이라니. 장 대리는 피식하며 웃고 싶었다. 하지만 마냥 웃을 수는 없었다. 제목 밑에 그의 이름 석 자가 적혀 있었기 때문이다.

우리가 인생 또는 삶을 표현할 때 '길'이라는 단어를 많이 쓰게 된다. 하루하루 열심히 살다가도 우리는 이런 생각을 한 번쯤 하게 된다. '내가 가고 있는 이 길이 괜찮은 길일까', '이 길의 끝에는 무엇이 있을까', '왜 나는 이 길에 있는 것일까', 자연스럽게 '인생'과 '길' 두 단어는 의미가 통한다. 사진부 담당 선생님도 장 대리가 찍은 사진을 보고 제목을 붙이며 삶을 생각해봤을 것이다. 결국 인생은 우리가 자신의 앞에 주어진 길을 걸어가는 것과 별 차이가 없지 않은가.

우리는 길을 걸어가는 것을 여행에 비유한다. '어디로 갈까?' 고민하며 목적지를 정한 뒤 그곳으로 떠난다. '그곳'이 어디인지는 사람마다 다르다. 하지만 지금 현재 있는 곳에서 낯선 곳으로의 여행, 우리는 그 길을 걸어가게 된다. 그리고 그 길을 통해서 변화를 경험할 수도 있다.

앞에서 얘기했듯이 낯선 곳으로 갈 수 있는 두 가지 방법이 있다. 내비게이션과 지도. 당신은 무엇을 선택할 것인가. 힘들더라도 지도를 선택했으면 좋겠다. 땀을 흘리며 시원한 물 한 모금 마시고, 지도를 바라보면서 어디로 가야 할지 고민하는 여행자가 되었으면 좋겠다. 그런데 우리가 굳이 먼 곳으로 떠나지 않더라도 우리를 여행하도록 할 수 있게 해 주는 책이 있으니 그것이 바로 '고전'이다.

내비게이션을 이용하는 방법이 편할 것이다. 출발지에서부터 목적지까지 어디로 어떤 길을 가야 하고, 시간은 얼마나 걸리고, 고속도로 통행료는 얼마인지 알려주기 때문이다. 쉽고 편리하다. 우리는 당연히 내비게이션을 사용하여 빠르게 가는 것이 최고인 것으로 생각하게 마련이다. 하지만 지도를 보며 이동할 때 느낄 수 있는 즐거움이 있다. 우리가 통과하는 지역의 지명을 유심히 보게 되고, 길을 물어보며 사람을 만나게 된다. 내비게이션을 따라 가면 볼 수 없는 멋진 장면과 마주할 수도 있다.

고전은 '오래된 지도'와 같다. 먼 옛날 사람이 썼기 때문에, 무슨 말인지 이해하기 힘들다. 당시의 사람들과 현대인들의 언어와 문화가 다르다. 오래되었기 때문에 현대의 모습을 반영하지 않는다. 번역과 편집을 거쳐서 최대한 쉽게 알 수 있도록 출판되더라도, 우리는 그들의 생각을 온전히 읽어내지 못한다. 그래서 마음먹고 읽더라도 오래 걸리기 마련이다. 빠르게 변화하는 현대 사회 속에서 우리와 과거 사이의 갭은 커지고 있다.

하지만 그 오래된 지도에는 '보물'이 있다. 고전은 곧 '보물지도'와도 같다. 고전을 통해 과거 속의 훌륭한 사람들과 만나게 된다. 공자, 소크라테스, 플라톤, 카를 마르크스와 같은 철학자도 있고 율리우스 카이사르, 마르크스 아우렐리우스와 같은 통치자도 있을 것이다. 그들이 전해주는 이야기는 두꺼운 시간의 벽을 뛰어넘어 현대를 살아가는 우리에게 필요한 지식과 통찰을 전해준다. 책을 읽어 나가는 과정에서 인류 역사 속 뛰어난 사람들의 생각과 만난다. 평범한 사람들이 아닌 천재라고 불리었던 사람들의 생각과 말이다.

장 대리는 '보물지도'를 들고 길 위에 있다. 그리고 어디로 가야 할지 생각한다. 가야 할 곳을 확인한 그는 발걸음을 옮기기 시작한다. 당신도 고전으로 여행을 시작하는 장 대리처럼 '보물지도'를 펼쳐 들었으면 한다. 여행을 시작했으면 좋겠다. 그리고 그 길의 끝에서 자신만의 '보물'을 찾을 수 있기를 기원한다.

즐거운 고전읽기를 위한 TIP 1

자신만의 인문고전 리스트 100권 작성법

나의 블로그인 〈말랑말랑인문학〉에는 인문고전 100권 리스트가 포스팅되어 있다. 언젠가 댓글로 고전을 어떻게 작성했는지 물어본 사람이 있었다. 사실 이 리스트는 타인을 위한 리스트가 아니라 자신을 위한 리스트다. 무엇보다 자신이 읽고 싶은 고전을 먼저 선정하는 것이 좋다.

우선 평소에 관심이 있던 주제가 있다면 그와 관련된 고전을 선정하면 된다. 예를 들어, 로마의 역사에 관심이 많은 사람이라면, 율리우스 카이사르의 〈갈리아 전쟁기〉나, 에드워드 기번의 〈로마제국 쇠망사〉를 목록에 넣을 수 있을 것이다.

하지만 그것만으로는 100권을 다 채울 수 없다. 이제 다른 책들의 도움을 받을 필요가 있다. 다른 책에서 소개된 고전에 대한 글을 읽으며 리스트를 채워 나갈 수 있다. 그런 글을 읽어보고 '나도 읽어보면 괜찮겠다.'는 생각이 들면 목록에 추가를 하자. 텔레비전 방송이나 유튜브 영상에서 자신이 몰랐던 거장에 대한 이야기를 듣고 나서 호기심이 생긴다면 그 거장이 쓴 책을 넣는 것도 한 방법이다. 그리고 어떤 책에는 부록으로 고전 목록을 제시해주는 책도 있다.

그 리스트의 책 제목들을 보면서 왠지 한 번쯤 들어본 적이 있는, 왠지 익숙한 제목이 있다면 인터넷에서 검색을 해보고, 어떤 책인지 대략 파악한 후 자신의 고전 목록에 포함시켜도 괜찮다.

100권의 고전 목록에는 다양한 분야의 고전이 포함되는 것이 좋다. 고전의 목록을 보면서 너무 한 분야에 치우치진 않았는지 점검해야 한다. 문학 쪽에 너무 치우치지 않았는지, 혹은 역사서만 가득한 것은 아닌지 확인해보라. 그리고 부족한 부분이 있다면, 어느 정도 균형을 맞춰주면 된다.

하지만 고전 리스트를 만들고 검토하는데 너무 많은 시간을 쓰지는 않았으면 한다. 100권의 리스트를 만들었다면, 바로 고전읽기를 시작하는 것이 좋다. 고전을 읽어 나가면서 또 다른 고전이 읽고 싶어질 때에 수정하면 되기 때문이다.

제 2 장

인문고전을 읽어야 하는 7가지 이유

01

'모든 것'은 우리가 아는 만큼 보인다

어린 시절 장 대리는 제주도 어느 해변의 모래사장에 누워서 별을 본 적이 있었다. 그가 열두 살이었을 때의 일이다. 밤하늘에는 보석과도 같이 별들이 빛나고 있었다. 하늘은 별들로 가득했다. 저 우주에 이렇게 별이 많구나. 별빛들이 밤하늘을 빼곡하게 채워 보는 것만으로 숨이 막혔다. 밤하늘에는 빛을 내는 수많은 점들로 가득했다. 그는 무수히 많은 별들을 보며 해변에서 잠이 들었다.

시간이 흘렀다. 대학생이 된 장 대리는 다시 똑같은 해변을 찾았다. 여름이었고 밤이었다. 그리고 밤하늘은 구름 한 점 없이 맑았다. 오래전 그날처럼 모래사장 위에 누워서 밤하늘을 바라보았다. 밤하늘에는 그리스-로마 신화에 등장하는 영웅인 헤라클레스가 있다. 헤라클레

스자리에는 오래된 별들의 모임이라고 할 수 있는 구상성단도 있다. 사람들은 그 구상성단을 'M13'이라고 부르기도 한다.

장 대리는 생각했다.

'M13 안의 수많은 별들 중에서 우리 지구와 닮은 행성은 없을까?'

'저곳에 한번 가 볼 수 있을까?'

'우주 속 어딘가에 나와 비슷하게 생긴 생명체가 살고 있지 않을까?'

돗자리를 깔고 누운 장 대리는 무수히 많은 별을 보며 감상에 빠졌다가, 별자리들을 보며 다시 그리스-로마 신화를 떠올린다. 큰곰자리를 보면서 사냥꾼이 된 자신의 아들 아르카스에 의해서 죽을 뻔했던 칼리스토를 그려본다. 자신의 아내인 헤라의 눈을 피해 여러 여성과 사랑을 나눴던 제우스. 그것도 부족해 아름다웠던 어느 소년을 독수리로 변신하여 납치해 가기도 했다. 여름철 밤하늘에서 장 대리는 독수리자리를 통해서 제우스를 만난다.

맑은 밤하늘 위, 수많은 별들 속에서 별자리를 하나씩 찾아보기란 쉽지 않다. 하지만 한 시간이 넘도록 장 대리는 밤하늘의 별을 보며 누워있었다. 밤하늘 속의 별자리를 보면서 그리스-로마 신화 속 여러 이야기들을 만났다. 그리고 우리가 갈 수 없는 먼 우주에 있는 천체들을 떠올리면서 광활한 우주의 신비를 생각해 보았다.

어릴 적 밤하늘을 보면서 느꼈던 느낌과는 확실히 달랐다. 장 대리는 대학교에서 아마추어 천문 동아리 활동을 했고, 그는 그곳에서 별자리와 우주를 배웠다. 그리고 당시 선배들은 이런 말을 해주기도 했다.

“아는 만큼 보인다.”

알게 되면 새롭게 보인다. 시간이 지난 후 책을 통해서 알게 된 대상을 다시 만나면 새롭게 다가온다. 그림도 마찬가지다. 미술관에서 어떤 그림을 처음 봤다고 해보자. ‘아, 예쁘구나.’ 하며 발걸음을 돌리려 하는데, 어느새 미술관 직원이 다가와 이런저런 이야기를 해준다. 이를 통해서 화가가 누군지, 그는 어떤 상황에서 이 그림을 그린 건지, 이 그림이 어째서 많은 사람들에게 관심을 받는 건지 등등. 그 그림에 관련된 여러 가지 이야기를 듣다 보면 어느새 그 그림이 다르게 보인다. 아는 만큼 보인다고. 장 대리가 그랬던 것처럼, 그 그림도 새롭게 다가오는 것이다.

그래서 우리는 책을 읽어야 한다. 책은 우리를 미지의 세상과 연결해주는 통로와도 같다. 책을 통해 우리는 접해 보지 못했던 다른 세상과 만날 수 있게 된다. 책을 통해 우리가 살고 있는 세상을 넘어서야 한다. 출근하고, 오전 근무하고, 점심 식사를 하고, 오후 근무하고, 저녁 식사를 하고, 야근하고, 퇴근했다가, 잠이 드는 일상의 쳇바퀴. 책을 읽지 않는다면 그 쳇바퀴 안에 갇혀서 하루하루 살아가게 된다.

하지만 우리는 책을 읽으면서 머나먼 과거에 어떤 일이 일어났는지 살펴볼 수 있다. 가까운 미래, 혹은 먼 미래에 어떤 일이 일어날지도 알아볼 수 있다. 그리고 지금 현재 내가 알고 있던 사실이 잘못된 관념에 의해 형성된 것이고, 그것의 본질은 다르다는 것도 알 수 있다.

그렇게 책 읽기를 통해 알고 나면 세상이 다르게 보이기 시작한다. 과거에 일어났던 일을 통해 미래를 예측해 본다. 다가올 미래를 대비해 무엇을 해야 할지 곰곰이 생각해 본다. 이런 것들은 다른 사람들의 눈에는 보이지 않는다. 우리의 내면에서 변화가 일어나기 때문이다. 그리고 그 변화는 '행동'을 이끌어 낸다.

그리고 우리는 고전을 읽어야 한다. 오랜 시간 동안 많은 사람들은 시간과 공간의 벽을 넘은 고전을 읽었다. 세대와 세대를 이어서, 세기와 세기를 이어서 고전은 전해져 왔다. 그 시간 동안 고전은 우리에게 삶을 살아가는 데 필요한 지식을 주었다. 고전이 지식만 주었다면 일반 다른 책들과 다를 바가 없었을 것이다. 고전이 우리에게 준 것은 그것만이 아니다.

고전 속에서 오랫동안 인류가 텍스트를 통해 공유하고 지켜온 여러 가치들을 만나 볼 수 있다. 정의, 자유, 행복, 사랑, 우정 등등. 이런 가치들이 어떤 것인지 명확하게 설명해 주지는 않지만, 우리는 고전을 읽으며 한번 생각해볼 수 있다. 이런 생각이 늘어나고 깊어질수록 안에서 당신이 세상을 바라보는 시선도 깊어질 것이다. 이렇게 고전은 다른 책들이 가지고 있지 못한 힘을 가지고 있다.

알고 나면 다르게 보인다. 그리고 거기서부터 우리의 변화는 시작된다. 고전을 읽은 사람들은 사유했다. 고전을 통해 관점이 변화하고 보다 큰 시야로 세상을 바라봤다. 그리고 자신들의 생각을 다른 사람들과 이야기하고 토론했다. 고전을 읽은 사람들은 변화했다. 그 사람들은 사회를 그리고 국가를, 세상을 변화시키는 주역이 되었다.

어느 날 갑자기 다른 모습으로 나타나서 우리를 당황하게 하는 사람이 있다. 우리의 눈에는 하루아침에 변화한 것처럼 보일 수 있지만 그렇지 않다. 변화라는 것은 무엇인가를 알게 되고, 시야가 달라지고, 행동이 달라지는 과정을 거치기 때문이다. 때로는 시간이 많이 필요하기도 하다. 변화를 원하지 않는가. 그렇다면 장 대리처럼 고전 읽기를 시작했으면 좋겠다.

고전 속에서 시대를 움직여 온 사람들의 이야기, 세상을 변화시킨 철학과 사상들에 대한 이야기를 읽어 보자. 단순히 지식을 쌓는 것만이 아니라, 새로운 관점을 얻고, 누가 시켜서가 아닌 주체적으로 변화를 이끌어 나가 봤으면 좋겠다.

책을 읽는 사람은 두 부류로 나눠볼 수 있다. 태어나서 고전을 한 권도 읽지 않은 사람과 한 권이라도 읽어 본 사람. 물론 고전은 어렵다. 하지만 고전 속의 세계에서 우리가 세상을 바라보는 관점을 변화시킬 수 있다는 사실을 알게 되었다면 고전 읽기를 시작해 보자. 이 말을 명심했으면 좋겠다. '모든 것'은 우리가 아는 만큼 보인다.

02

거인의 어깨 위에서 세상을 보라

장 대리는 비탈길을 오르고 있었다. 한 걸음 한 걸음씩. 출발할 때에는 여유가 있었는데 어느덧 산중턱에 다다르자 숨이 가빠지고, 몸이 무거워짐을 느꼈다. 어차피 다시 내려갈 것인데, 뭐 볼 것이 있다고 산을 올라가고 있는 것일까. 그리고 이 계단은 가파르면서도 왜 이리 많은 것일까.

산 중턱쯤 올랐을 때였다. 가파른 계단을 오르고 나서 뒤돌아보니 새로운 광경을 볼 수 있었다. 장 대리의 시야에 자신이 살고 있는 자취방과 그 주변이 들어왔다.

'아, 저곳이 내가 힘들게 아등바등하며 사는 곳이었구나.'

저렇게 좁은 공간에서 내가 살고 있었구나 하는 생각도 들었다. 산에 오르기 전에는 볼 수 없었던 풍경이었다. 작은 공간 속 일상에 파묻혀서 그가 살고 있었다. 자신의 발걸음이 닿는 공간이 저렇게 작다는 것도 알게 되었다. 그리고 산중턱에서 자신의 자취방 주변을 둘러보았다. 먼 곳에는 수평선도 보이고, 가 보지 못했던 도시도 보였다.

그리고 그는 생각했다.

'세상이 이렇게도 넓은데, 나의 세상은 저곳이 전부였어.'

위에 올라와서 아래를 내려다보니, 자신이 오고가던 곳의 모습이 색다르게 보였다. 그리고 높은 곳에서 보니 멀리 볼 수 있었다.

오래전 옛날, 높은 곳에서 바라보면 멀리 볼 수 있다고 이야기한 이가 있었다.

"만약 내가 다른 사람들보다 멀리 볼 수 있었다면 그것은 거인의 어깨 위에 올라섰기 때문이다."

거인의 어깨 위에 있었기에 멀리 볼 수 있었다고 얘기하는 이 사람은 누구일까. 바로 떨어지는 사과를 보면서 만유인력을 발견했다는 사람, 아이작 뉴턴이다. 학교에서 과학시간에 배우는 '중력'이라는 개념을 인류에게 '선물'로 준 사람이기도 하다.

사실 뉴턴이 '거인의 어깨'라고 쓰기 전에도 '거인의 어깨'라는 표현을 쓴 사람들이 있었다. 본래 그 표현은 그리스-로마 신화에 등장하는 어느 거인의 이야기에서 시작되었다고 한다.

잠시 신화 속으로 들어가 보자. 당신은 지금 바닷가 근처 산에 올라서 바다를 바라보고 있다. 그런데 저 멀리에서 접근하는 검은 물체가 보인다. 멀리 떨어져 있어서 정확하게 확인은 되지 않는데 배는 아닌 것 같다. 마치 검은색 바위를 가진 섬이 먼바다에서 해변으로 이동하고 있는 것 같았다. 허나 바위 치고는 표면이 매끄러워 보였다.

그리고 그 위에는 사람도 보이지 않는다. 아무래도 조금 더 가까이 오기를 기다려 봐야 한다. 잠시 뒤에 당신은 그것(?)의 정체를 알게 된다. 그것은 바로 그리스-로마 신화에 등장하는 거인 사냥꾼 오리온의 검은 머리카락이었기 때문이다. 그는 바닷속을 걷고 있었고, 당신이 봤던 것은 그의 검은 머리카락이었던 것이다. 그는 엄청난 거인이어서 바다를 걸어서 건널 수 있었다고 한다.

오리온은 많은 여성들과 사랑을 나눴다고 한다. 오리온이 디오니소스(그리스-로마 신화에 등장하는 술의 신)의 아들 오이노피온 왕이 다스리는 키오스 섬을 찾았을 때였다. 오리온은 오이노피온의 딸 메로페와 사랑을 하게 되는데 왕은 오리온에게 딸을 주기 싫었다. 그래서 오리온에게 섬에 전염병을 퍼뜨리는 동물을 모두 죽여주면 딸과의 결혼을 허락하겠다고 했다. 사실, 섬의 여러 동굴과 숲에 있는 동물을 모두 없애는 것은 불가능했다. 그런데 오리온은 술에 취했다가 메로페와 관계를 맺게 되었다.

이 사실을 알게 된 오이노피온 왕은 화가 나서, 디오니소스에게 도움을 요청했다. 술의 신인 디오니소스는 아주 독한 술을 오리온에게 주었다. 오리온이 술을 마시고 곯아떨어지자, 왕은 오리온의 두 눈을 파내어 장님으로 만들고 바다로 던져 버렸다.

오리온은 동쪽으로 가서 떠오르는 태양빛을 눈에 쏘이면 시력을 회복할 수 있다는 신탁을 받고 태양신 헬리오스의 궁전으로 가고자 했다. 그러던 도중 우연히 헤파이스토스(그리스-로마 신화에 등장하는 불과 대장간의 신)의 대장간에 가게 된다. 이런 오리온을 불쌍하게 여긴 헤파이스토스가 그의 제자인 케달리온을 보내서 길을 안내하도록 했다.

난쟁이였던 케달리온이 거인인 오리온에게 길을 안내하기 위해서는 그의 어깨 위에 올라서서 보는 것이 훨씬 좋았을 것이다. 그래서 케달리온은 오리온의 어깨 위에 올라타서 헬리오스의 궁전으로 가는 길을 알려주었다. 여기서부터 '거인의 어깨'에 대한 이야기가 유래되었다.

그렇다면, 아이작 뉴턴에게 있어서 '거인'은 누구였을까? 나무에서 떨어지는 사과를 보고 '만유인력의 법칙'을 알게 되었다는 뉴턴. 하지만 그가 배경지식을 익히고 골몰히 생각하는 사유의 시간 없이 어느 날 어쩌다가 우연히 법칙을 발견한 것은 아닐 것이다. 뉴턴에게 시야를 다르게 보도록 해 준 '거인'은 도대체 누구일까?

그 거인은 아리스토텔레스, 갈릴레오, 케플러, 데카르트였다. 뉴턴은 선배들이 남긴 책을 읽으며 새로운 지식을 습득했고, 다른 사람들과 다르게 생각했다. 뉴턴 정도의 천재니까 남다른 통찰을 할 수 있을 것이라 생각할 수도 있다.

그럼에도 불구하고 '거인'의 존재를 무시할 수 없다. 거인들이 없었다면 뉴턴이 만유인력의 법칙을 제시하기까지 더 많은 시간이 필요했을 것이기 때문이다. 더 나아가 뉴턴이 머리를 싸매고 생각만 하다가 떨어지는 사과를 보고 화를 내며 발로 차고 집으로 돌아왔을지도 모르는 일이다.

고전을 읽는 것도 그와 같은 것이다. 그 거인은 이천 년 전의 사람이 될 수도 있고, 비교적 최근의 사람이 될 수도 있다. 어쨌든 거인이 남긴 저작을 읽는다는 것은 거인의 머릿속에 담았던 생각을 담는 것이다. 그런 생각에는 거인들이 했던 고민뿐만 아니라, 어떤 일에 대한 느낌, 자신만의 통찰이 담겨 있다.

그들의 생각을 담으면 우리가 세상을 바라보는 시야도 달라진다. 산에 올라 바라보면 일상 속에서 볼 수 없었던 것을 볼 수 있는 것처럼, 보다 멀리 그리고 깊게 세상을 바라볼 수 있는 것처럼, 우리가 바라보던 세상이 다르게 보인다. 남들이 보지 못하던 것을 보게 되고, 남들이 읽지 못하던 것을 읽게 된다.

그리고 거인의 생각을 습득함으로써 우리는 시간을 절약할 수도 있다. 오랜 세월 동안 거인의 생각들은 텍스트를 통해서 전해져 내려왔고, 많은 사람들의 생각에 영향을 미쳤다. 그들의 생각을 습득하고 익히고 내 것으로 만듦으로써 보다 탁월한 성과를 만들어 낼 수도 있다. 앞에서 봤던 뉴턴의 사례처럼 말이다.

거인의 어깨 위에 올라선다는 것은 위험한 일일 수도 있다. 중심을 제대로 못 잡고 떨어지기라도 한다면 바로 생명을 잃을 수도 있기 때문이다. 하지만 우리는 오랜 세월을 이겨낸 거인의 작품 속 세상을 보기 위해 올라서야 한다. 거인의 어깨 위에서 바라보는 세상은 분명히 지금 맨 땅 위에서 보는 세상과는 다를 것이기 때문이다.

장 대리는 걷고 또 걸어서 정상에 올랐다. 주변에 자신보다 높은 위치에 있는 존재는 없었다. 왠지 모르게 기분이 좋아졌다. 그리고 소리를 질렀다. 몇 시간 동안의 힘든 발걸음 끝에 산의 꼭대기까지 오른 자신을 지켜보며 생각해 보았다.

힘들게 올라온 산이었다. 때로는 위험한 구간도 있었다. 하지만 그만큼 얻은 것도 있지 않은가. 장 대리에게 있어서 고전 읽기도 마찬가지일 것이다. 힘들 때도 있을 것이지만, 분명 무엇인가 얻을 수 있을 것이라고 생각했다.

03

멀리 가려면 누군가와 함께 가야 한다

아기와 노인의 공통점이 있다. 무엇일까?

정답은 두 발만을 이용하여 제대로 걷지 못한다는 점이다. 누군가 이야기했다. 아기는 네 발로 걷고, 노인은 세 발로 걷는다고. 아장아장 발걸음으로 시작된 삶은 시간이 흐르고 흘러서 지팡이를 선택하게끔 만든다. 오랜 시간 동안 걷고 또 걸었다. 셀 수 없이 많은 발걸음을 내디뎠을 것이다. 그러고 보면 인간의 삶은 걷기에서 시작하여 걷기에서 끝난다고 할 수 있다. 길을 간다는 것을 인생을 산다는 것에 비유하고, 삶을 여행에 비유하는 것은 그것 때문이 아닐까.

장 대리는 어디론가 떠나고 싶었다. 자기 자신을 둘러싸고 있는 환경과 잠시 떨어져 있고 싶었다. 하지만 막상 어디를 가야 할지 선택을 하지 못했다. 그저 할 수 있는 한 멀리 가고 싶다는 마음이었다. 누군가가 그를 찾아도 멀리 있다는 핑계로 갈 수 없다고 얘기할 수 있는 곳으로 가려고 했다. 나의 발이 닿을 수 있는 곳 중에 가장 먼 곳은 어디일까?

갈아입을 옷과 세면도구를 챙기고, 읽을 책도 챙겼다. 간단히 먹을 간식거리를 샀고, 목마를 때마다 마실 물도 샀다. 준비는 끝났다. 목적지를 정하는 것만 빼고.

'어디로 가면 좋을까?'

지도를 보며 고민해 봤다. 우선 그곳은 장 대리가 있는 곳과 멀리 떨어져 있어야 했다. 그리고 차를 이용해서 갈 수 있는 곳이어야 했으며, 그가 한 번도 안 가본 곳이어야 했다. 지도를 몇 분간 살펴보다가 장 대리의 눈에 하나의 지명이 들어왔다.

이름 그 자체만으로도 그의 여행을 위한 마을이었다. '이곳이다.'라는 생각에 장 대리는 시동을 걸고 그 마을을 향해서 출발했다. 그곳은 바로 '땅끝 마을'이었다.

"너 여기 와서 어디 어디 가봤어?"

"나 오늘 여기 처음 와서 내일모레 올라가는데 어디를 가는 게 좋아?"

"나는 대구에서 왔는데 오빠는 어디에서 왔어요?"

"한잔해. 일단 마시자."

사람들은 처음 만나면 상대방에 대한 예의를 갖춰야 된다는 생각에 서로 존댓말을 하며 대화를 시작한다. 나이나 지위에 따라 윗사람과 아랫사람으로 서열이 정해지는데 익숙했기 때문일까. 왠지 어색하다고 느껴진다.

그런 어색함을 없애줄 수 있는 훌륭한 도구가 바로 '술'이다. 어제까지만 해도 완벽한 타인이었던 존재였다. 한 잔 두 잔씩 마시다 보면 어느새 내 앞에 있는 남자는 형이나 오빠가 되고, 내 옆에 있는 여자는 누나 혹은 언니가 된다. 그렇게 서로 간의 관계가 바뀌고 여행지에서 오늘 처음 만난 사람이지만 앞으로도 계속 만날 것처럼 연락처를 주고받는다.

그는 혼자 있고 싶어서 찾아간 외딴 여행지에서 새로운 친구들을 만났다. '땅끝 마을'에서 조용히 책을 읽으며 쉬다가 돌아가려고 했던 장 대리는 해남의 이곳저곳을 그들과 함께 다녔다. 돌아오는 길 곰곰이 생각해본다. 즐거웠는가? 불편했는가? 장 대리는 즐거웠다. 본래 4일 동안 땅끝 마을의 어느 게스트하우스에서 혼자 머물렀을 것이었지만, 그는 해남 구석구석을 구경했다. 마지막 날에는 해남 옆에 있는 완도도 다녀왔다.

예상하지 못했던 사람들과의 만남이 있었다. 새로운 관계가 만들어졌고, 그들과의 즐거운 시간이 지나갔다. 그리고 또 보자는 약속을 하면서 그들과의 여행은 마무리되었다.

"인간은 사회적 동물이다."

고대 그리스의 철학자 아리스토텔레스의 말이다. 우리는 태어나면서부터 하나 혹은 그 이상의 사회에 소속되게 된다. 태어나면서 마주치게 되는 가족도 하나의 사회이고, 어린이집이나 유치원도 우리가 거치게 되는 사회이다. 학교와 직장, 그리고 우리를 둘러싼 모든 주변 환경이 사회의 일부분이 된다.

그 사회 속에서 우리는 타인을 만나게 된다. 많은 사람들과 서로 영향을 주고받으면서 시간을 보낸다. 타인과 관계를 형성하고, 공감하고, 사랑하고 연대하며 살아간다. 그런 관계 속에서 우리는 혼자일 때보다 더 성장할 수 있다.

타인과 맺는 관계를 두 가지로 나눠볼 수 있다. 첫 번째는 현실 세계 속 인물이고, 두 번째는 가상 세계 속 인물이다. 현실 세계 속 인물에는 가족이나 친구, 직장동료가 있다. 그리고 두 번째로, 우리는 책과 같은 가상 세계에서 새로운 인물을 만날 수가 있다.

책은 우리의 내면을 무한히 확장시켜주는 하나의 세계이다. 책을 통해 우리는 그동안 겪어보지 못했던 낯선 세계와 마주한다. 그 세계에서 작가의 생각과 이야기한다. 때론 공감하고 때론 고개를 갸우뚱한다. 때론 머리를 부여잡고 이해할 수 없다며 괴로워한다.

우리 개개인이 가지고 사유의 범위를 확장시켜 주는 책을 읽어야 한다. 고전은 그런 점에서 매우 유용하다. 우리는 고전 속 텍스트에 나오는 여러 인물들을 만날 수 있기 때문이다. 동시에 엄청난 시간의 무게를 견뎌낸 고전을 쓴 위대한 작가들과 이야기할 수도 있다. 책은 곧 사람과 같다. 고전을 읽는다는 것은 훌륭한 성찰이 담긴 글을 읽으며 훌륭한 작가들과 함께 커피 한 잔을 하면서 대화하는 것이라고 할 수 있다.

고전을 통해 오랜 시간 동안 많은 사람들이 읽어왔던 글을 만날 수 있다. 그리고 생각한다. 느끼고 공감한다. 그리고 행동한다. 어떻게 하면 우리는 위대한 이들처럼 할 수 있을까? 이렇게 우리의 삶은 깊어지고, 우리는 더 멀리 여행할 수 있게 된다. 혼자서 생각했다면 50보에서 그쳤을 발걸음이 고전을 읽으며 생각했기에 500보 넘게 나아갈 수 있다.

이 세상 그 누구도 혼자만의 힘으로 앞으로 나아갈 수 없다. 타인에게서 무언가를 배우고 익히며 자신의 것으로 만드는 과정이 있어야 한다. 바다 위에 떠 있는 배가 더 빠른 속도로 가기 위해서 돛의 방향을 바꾸는 것처럼, 우리는 우리 주변에 오고 가는 '바람'을 이용해야 한다. 성장하고자 하는 열망이 항해를 시작하게 한다면, 바람이라는 타인의 도움이 있어야 더욱 크게 성장할 수 있다. 모두 기억해야 한다. 멀리 가기 위해서는 다른 이와 함께 해야 한다는 것을.

집 근처 카페에서 장 대리는 고전을 읽고 있었다. 다른 사람들과 떨어져서 홀로 앉아 있었다. 하지만 그게 전부는 아니다. 장 대리는 그의 내면 안에서 여러 사람들과 이야기를 하고 있었다. 책 속의 세계에서는 여러 가지 이야기를 해 주고 있었다. 누군가의 이야기를 듣고 있는 것처럼 때론 공감하고, 때론 고개를 갸우뚱하기도 했다.

머리를 부여잡기도 했다. 책 속 내용이 어려워서 그랬던 것일까? 페이지 넘어가는 속도가 더디고 더뎠다. 하지만 이제 우리는 안다. 장대리는 고전 속 세상에서 여러 사람들과 이야기하고 있음을, 그리고 그는 이를 통해 한 걸음씩 앞으로 나아가고 있음을 말이다.

04

이 길은 나를 어디로 데려가는가

"삶은 B(Birth)와 D(Death) 사이의 C(Choice)이다."

프랑스의 철학자 장 폴 샤르트르가 이야기했다. 태어난 후 죽을 때까지 끊임없이 뭔가를 선택하는 모습을 생각해 보면 우리의 삶은 선택의 연속이라고 이야기할 수 있다.

가끔 그럴 때가 있다. 선택해야 하는 순간이지만 선택하기가 무척 힘들 때. 여행에서 돌아온 장 대리는 친구들과 함께 중국집에 갔다. 메뉴는 짜장면과 짬뽕 두 가지였다. '짜장면이냐 짬뽕이냐.' 이 둘 중에 하나를 선택하는 것이 시간이 오래 걸릴 수는 있지만 우리 삶에 큰 영향을 미치지 않는다. 하지만 때때로 어떤 선택은 우리 삶에 변화를 가져올 뿐만 아니라 역사를 바꾸기도 한다. 루비콘 강 앞에 섰던 율리우스 카이사르처럼 말이다.

"이미 엎질러진 물이다. 이 강을 건너면 인간 세계가 비참해지고, 건너지 않으면 내가 파멸한다. 나아가자. 신들이 기다리는 곳으로. 우리의 명예를 더럽힌 적들이 있는 곳으로. 주사위는 던져졌다!"

율리우스 카이사르. 그는 고대 로마의 정치가이자 장군이었다. 그는 루비콘 강 앞에서 선택해야 했다. 강을 건널지 말지. 정확하게 말하면 군대를 이끌고 강을 건널지 말지였다.

항상 자신의 선택에 자신감을 가지고 행동했던 카이사르가 루비콘 강 앞에서 멈춰 섰던 것은 앞으로 펼쳐질 내전 때문이었다. 자신이 군대를 이끌고 강을 건너면 자신과 같은 로마인인 폼페이우스와의 전쟁을 피할 수 없다고 생각했기 때문이다. 그리고 싸움은 두 명에서 그치지 않고 확대될 것이다. 로마인들은 카이사르파와 폼페이우스파로 갈라져서 전쟁터에서 서로를 향해 칼을 겨누게 될 것이다.

결론적으로 그는 위와 같이 이야기하며 루비콘 강을 건넜다고 한다. 그는 폼페이우스와의 전투에서 승리했고 그 선택은 역사를 바꾸었다. 500년 넘도록 이어져 온 로마의 공화정은 무너지고, 로마는 한 명의 황제에 의해서 지배되는 국가가 되었다.

이렇게 역사의 물줄기까지는 바꾸지 않더라도, 여러 선택 속에서 우리 삶의 물줄기를 바꿀 수 있다. 끝없이 이어지는 선택의 순간에서 우리는 결정을 내리고 행동으로 옮긴다. 그 선택이 앞으로 자신의 삶에 영향을 미칠 수 있다고 생각한다면 오랜 시간 동안 고민을 거듭하게 된다.

고민은 전적으로 자신의 몫이다. 다른 어떤 사람도 그 고민에 대해 시원하게 결정을 내려주지는 않는다. 우리 스스로 고민하고 결정을 내려야 한다.

두 가지 갈림길 앞에서 어떤 길을 가야 할지 잘 모를 때가 있다. 그래서 우리는 각각의 길을 선택했을 때 그 길의 끝에 무엇이 있을지 생각해 본다. 이 길의 끝에서 나는 울고 있을까, 웃고 있을까 궁금해 한다.

갈림길에서의 방황이 오래 걸리지 않으려면 지도가 필요하다. 그리고 인문고전이 때로는 지도의 역할을 해 줄 수 있을 것이라고 생각한다.

지금 내가 걸어가려고 하는 길, 혹은 걷고 있는 길이 나를 어디로 이끌 것인가. 삶이 때때로 우리에게 말을 걸어온다. 길의 끝에 어떤 삶이 나를 기다리고 있을까. 삶에게 한 번 더 물어보지만 우리는 미래를 모두 예측할 수 없기에 마음속 불안함이 생겨날 뿐이다.

하지만 우리는 예상해 볼 수 있다. 짧은 인생을 살아가면서 우리가 경험해볼 수 있는 것은 제한되어 있다. 하지만 고전을 읽으면서 삶의 여러 단면들을 접하고 생각했던 사람이라면, 여러 가능성을 열어 놓고 깊게 생각해 볼 수 있다. 인문고전을 읽으면서 인간의 삶이 가지고 있는 여러 모습을 머리에 새겨놓을 필요가 있다. 우리 안에 축적된 여러 가지 삶의 모습들은 선택의 순간에 여러 가지 가능성을 생각해 볼 수 있게 해 준다.

그렇게 선택한다고 하여 우리가 우리 앞에 있는 길이 어떤 길인지 알 수는 없다. 하지만 내가 가려고 하는 길에서 만날 수 있는 여러 일들을 생각한다면, 미리 대비하고 준비할 수 있다.

문학을 예로 들어 설명해 보자. 문학은 작가의 상상력을 기반으로 쓰였다. 문학 작품 중에 소설 속에는 작가가 지어낸 허구의 이야기가 있다. 그래서 소설의 가치를 폄하하는 사람도 있다.

하지만 전혀 그렇지 않다. 소설과 같은 문학 작품에서 우리 삶의 다양한 단면을 볼 수 있기 때문이다. 그런 삶의 여러 측면을 살펴봄으로써 우리 자신의 삶에 대해서 한 번 더 생각해 볼 기회를 가질 수 있다.

많은 사람들이 갖게 되는 고민 중에 이런 것이 있다. 좋아하는 일을 하며 살 것인가, 아니면 잘하는 일을 하면서 살 것인가. 하고 싶은 일을 하며 살 것인가, 먹고살기 위한 일을 살 것인가. 당신은 둘 중에 어떤 것을 선택할 것인가?

이 두 가지 갈림길에 대해서 이야기해 주고 있는 고전문학 작품이 있다. 바로 서머싯 몸의 〈달과 6펜스〉이다. 소설의 주인공인 찰스 스트릭랜드는 증권 중개업을 하고 있었고, 평화로운 가정의 가장이었다. 그런데 어느 날 그가 갑자기 사라졌다. 아무런 연락도 없이, 아무런 예고도 없이 사라졌다. 그의 아내가 지인을 통해서 알아본 결과 찰스 스트릭랜드가 모든 것을 내팽개치고 떠난 이유는 단순했다. '그림을 그리고 싶어서.'

사람들은 자신이 좋아하는 일을 하고 싶어 한다. 그리고 자신이 좋아하는 일을 직업으로 삼고 싶어 한다. 하지만 우리의 삶은 우리가 좋아하는 일만 하며 살아가도록 허락하지 않는다. 살아가기 위해서는 자신이 하고 싶지 않은 일도 해야만 한다,

소설의 제목 〈달과 6펜스〉에서 '달'은 우리가 좋아하고 하고 싶은 일을 하는 사람들의 세계이다. 반면에 '6펜스'는 자신이 하고 싶은 일을 하면서 살아가는 사람들의 세계이다. 인간은 '달'과 '6펜스' 두 세계 사이 어느 지점에서 살아가는데, 극단적으로 한쪽에 치우쳐 살아가는 사람의 이야기를 통해 여러 가지를 생각하게 해 준다. 바로 그 사람이 소설의 주인공 찰스 스트릭랜드인 것이다.

우리는 이 소설을 읽으면서 여러 질문을 할 수 있다. 자신이 하고 싶은 일을 위해서 자신이 가지고 있는 모든 것을 내려놓을 수 있는가? 기본적인 생활 조건이라고 할 수 있는 의식주가 해결되지 않는 상황에서도 내가 하고 싶은 일을 계속해 나갈 수 있는가? 높은 임금을 보장해 주는 직장을 가지고 좋은 배우자와 결혼하고 부자가 되어 넉넉하게 살아가는 삶이 성공한 삶일까?

문학 작품을 통해서 이런 질문들과 대면해 보고 생각해 왔다면 우리의 삶이 어떻게 달라질 수 있을까? 그래도 최소한 갈림길에서의 방황은 줄어들 수 있을 것이라고 생각한다.

하지만 잊지 말아야 할 것이 두 가지 있다. 하나는 갈림길 앞에서 고민이 될지라도 우리에게 선택의 가능성이 주어졌다는 것은 행복한 것이라는 점이다. 짬뽕과 짜장면 앞에서 망설이는 이유는 둘 다 맛있다는 사실을 알기 때문이다. 그리고 다른 하나는 선택의 순간이 너무 길어지면 안 된다는 것이다. 중국집 종업원 앞에서 짬뽕과 짜장면을 두고 긴 고민을 하지 말아야 한다. 그렇지 않으면 장 대리처럼 친구들에게 이런 이야기를 듣게 될지도 모르니까.

"야, 너 먹지 마."

05

진정한 나의 힘은 어디서 오는가

"이 세상은 강한 자가 살아남는 게 아니야. 살아남는 자가 강한 거야!"

2003년에 개봉했던 영화 〈황산벌〉에 나오는 대사다. 〈황산벌〉은 삼국시대 말기에 있었던 신라군과 백제군의 '황산벌 전투'를 배경으로 하는 영화다. 이 전투에서 신라가 승리를 거두었고, 백제는 멸망하게 된다.

장 대리는 그 영화 속 장면들과 국사 시간에 배웠던 역사적 사실들을 떠올려 보았다. 그리고 신라가 어떻게 삼국을 통일할 수 있었는지 생각해 봤다.

삼국시대에 신라는 힘이 무척 약한 나라였다. 신라는 고구려와 백제라는 강국과 맞서 싸울 힘이 없었다. 지리적 영향으로 중국으로부터 선진 문명을 받아들이기 어려웠다. 이로 인해 백제와 고구려에 비해서 발전이 더뎠다. 신라에 쳐들어 온 왜구를 물리치지 못해서 광개토 대왕에게 원군을 요청하기도 했다.

하지만 신라는 삼국 중 유일하게 살아남아 삼국을 통일하게 된다. 도대체 어떻게 된 일일까? 신라가 어떻게 살아남을 수 있었던 것일까? 사실 신라가 성장을 하고 발전을 이룩한 데는 여러 사람들의 노력이 있었다. 하지만 그 누구보다도 태종 무열왕 김춘추의 이야기를 언급하지 않을 수 없다.

김춘추는 신라와 당나라의 나당동맹을 이끌어 낸 인물이다. 약소국이었던 신라가 강대국이었던 백제와 고구려를 당시에 상대하기 위해서는 당나라와의 동맹이 필요했다. 나당동맹 체결 이후 귀족 출신의 관리였던 김춘추는 왕의 자리까지 오르게 된다. 신라가 삼국을 통일하는 과정에서 결정적 역할을 했는데 바로 그가 당나라의 외교 교섭을 통해 나당동맹을 체결한 것이었다.

그 과정도 가시밭길 같았다. 김춘추가 있던 시기에 신라는 백제 의자왕의 공세에 시달리고 있었다. 이에 대처하기 위해서 그는 우선 고구려와 손을 잡고자 하였다. 우선 고구려로 갔지만 당시 집권하고 있던 연개소문을 설득하지 못하고 옥에 갇히게 되었다. 꾀를 내어 신라로 탈출한 그는 바다 건너 왜나라의 힘을 빌리고자 했다. 하지만 왜나라는 오래전부터 백제와 친했고, 동맹을 맺지는 못했다.

살아남아야 했고, 생존에 대한 목적은 절실했다. 마지막으로 찾아간 곳이 당나라였다. 그는 당태종을 설득하여 동맹을 맺는 데 성공했고, 같이 백제를 먼저 공격하기로 했다. 배를 타고 돌아오는 길에 고구려 군대의 배에 발각되어 잡혀서 죽을 위기에 처하기도 하지만 그는 충성스러운 부하의 도움으로 가까스로 도망쳐 나온다. 그가 걸었던 길은 결코 쉽지 않았다. 수많은 어려움과 시련이 있었다. 그리고 이런 일들은 그의 의지를 꺾을 수도 있었을 것이다.

특정 사람이나 조직에 대해서 어떨 때 강하다고 평가를 내릴 수 있을까? 아무런 문제없이 모든 것이 잘 돌아갈 때 그 조직은 강한 것일까? 주어지는 일을 완벽하게 척척 해내는 사람은 강한 것일까? 싸움을 잘해서 상대방을 모두 때려눕히면 강한 것일까?

아니다. 전혀 그렇지 않다. 진짜 '힘'은 어려움에 처했을 때 나온다. 높이를 가늠할 수 없는 벽에 부딪치면 그때서야 우리는 누구의 힘이 강하고 누구의 힘이 약한지 알 수 있다. 그 벽을 넘을 수 있는 사람은 강한 것이고, 그렇지 못한 사람은 약한 것이다.

그렇다면 어떤 사람이 벽을 넘을 수 있을까. 내면의 힘이 강한 사람이라면 벽을 넘을 수 있다. 그 어떤 상황이라도 그 어떤 고난이라도 견뎌낼 수 있는 힘이 있기 때문이다. 거센 폭풍우 속에서도 묵묵히 자신의 길을 가기 위해 발걸음을 내딛을 수 있는 사람이어야 한다. 그런 사람이 강하다고 할 수 있다.

그런 면에서 볼 때 김춘추는 매우 강한 인물로 봐야 할 것이다. 그 어떤 상황이 닥치더라도 자신의 초심을 잃지 않고자 노력했고, 어려운 상황에서도 냉정했으며, 자신이 내려야 할 조치들을 하나씩 시행했다. 이런 것들은 아무리 그 사람이 힘이 세고, 지위가 높다고 한들 할 수 있는 일이 아니다. 내면이 흔들리면 아무것도 제대로 할 수 없다. 마음이 흔들리고, 집중이 되지 않으며, 좋지 않은 감정이 밀려올 때 그릇된 선택을 할 수 있다. 그래서 그 어떤 힘든 상황이 오더라도 중심을 지킬 수 있는 내면의 힘이 필요하다.

삶을 살아가기 위한 '내면'의 힘을 기를 수 있는 방법 중 하나가 고전 읽기다. 고전을 천천히 읽다 보면, 우리는 생각하게 된다. 문학 작품을 읽으면서 텍스트의 의미에 대하여 생각하고, 철학 관련 책을 읽으면서 나의 삶과 주변의 세상에 대하여 생각한다. 역사에 대한 서술을 읽고 과거 속에서 나를 발견한다. 인문고전 속에는 우리 삶에 대한 이야기가 담겨 있기 때문이다.

장 대리는 고대 로마의 시인이었던 베르길리우스가 쓴 〈아이네이스〉를 읽고 있었다. 책 속에서 주인공 아이네아스는 수많은 시련을 겪고 신의 질투를 받으면서도 자신이 해야 할 일을 포기하지 않았다.

그에게 주어진 일은 트로이의 유민들을 이끌고 나와서 트로이보다 더 뛰어난 국가를 건설하는 것이었다. 책에서는 트로이의 멸망에서부터 아이네아스가 고대 로마의 전신인 '알바롱가' 왕국이 건설되기까지의 일들이 서술되어 있다. 〈아이네이스〉 속에 있는 이야기는 한 영웅의 이야기이지만, 우리 삶에 대한 이야기이기도 하다. 책 속에서 수많은 주인공이 겪는 여러 일들은 우리가 살아가면서 겪는 여러 사건들과 비슷하다.

장 대리는 〈아이네이스〉를 읽으며 아이네아스와 같은 영웅도 결국 우리와 똑같은 인간이었기에 시련을 피할 수는 없었다고 생각했다. 그리고 이런 질문을 스스로 던져 보았다.

'우리가 삶에서 겪는 시련이란 신이 내린 운명과 같은 것이고, 이에 어떻게 대처하느냐는 인간에게 주어진 과제가 아닐까?'

물론 고전을 읽는다고 해서 눈앞에 닥친 시련에 잘 대처할 수 있는 것은 아닐 것이다. 하지만 고전을 읽으며 남들에게 보이지 않는 내면의 힘을 기른 사람이라면 어려움을 보다 잘 이겨낼 수 있을 것이다.

고전을 통해 자신과 자신의 삶에 대해서 여러 각도로 생각해 본 사람은 눈앞에 닥친 문제 역시 남들과 다르게 바라볼 수 있다. 지금 자신이 처한 현실을 보다 객관적으로 볼 수 있을 것이며, 무엇이 문제인지를 쉽게 파악할 수 있을 것이다. 그리고 자신도 모르는 사이에 고전에서 얻은 지혜가 머릿속에 떠오를 것이다.

고전은 우리의 삶에 대해서 생각하게 해 준다. 그리고 고전을 읽으며 삶에 대해 생각해 보는 사람은 내면의 힘이 성장한다. 그 어떤 상황이라도 버텨낼 수 있는 힘이 생긴다. 더 크게 생각하고 더 넓게 생각하게 된다. 이를 다른 말로 '여유'로 표현할 수도 있다.

세상은 합리적인 것 같고 합리적이어야 할 것 같지만, 사실 전혀 그렇지 않다. 삶 속에는 우리에게 고통을 주는 것들로 가득하다. 갑자기 사고를 당한다든가, 회사에서 명예퇴직 권고를 받는다든가, 믿었던 누군가에게 배신을 당한다든가. 이는 분명 우리에게 고통을 안겨줄 것이다.

여러 종류의 정신적, 물리적인 큰 고통 앞에서도 여유를 잃지 않는 것, 이는 무엇보다 중요하다. 여유가 있다면 우리는 보다 좋은 선택을 할 수 있겠지만, 그렇지 않다면 극단적인 선택을 할 수도 있기 때문이다.

인생이라는 길 위에는 수많은 장애물들이 존재한다. 장애물을 만났을 때, 어떻게 해야 할지 결정하는 것은 우리의 몫이다. 하지만 그 장애물을 만나기 전에 우리가 고전을 읽어 둔다면, 이를 통해 내면의 힘을 길러 놓는다면, 보다 더 나은 선택을 할 수 있지 않을까.

고전을 읽는 것은 단순히 지식을 쌓는 것과 다르다. 우리는 고전을 읽으며 자신의 삶을 생각해 볼 수 있다. 어떻게 살 것인가에 대한 고민은 그 속에서부터 시작된다. 그리고 그 고민들이 우리를 성장하게 한다. 이런 과정 속에서 우리의 내면의 힘은 길러진다. 우리의 삶에 필요한 진짜 힘을 기르기 위해서는 고전 읽기가 필요하다.

06

나와 같은 고민을 했던 사람들이 있었다

"요즘은 여자 친구하고 어때?"

"아, 며칠 전에 헤어졌어."

"그래? 무슨 일 있었어?"

"만나다 보니 잘 맞지 않는 것 같아서."

세상이 때로는 불공평하게 느껴질 때가 있다. 어째서 소개팅을 할 때마다 매번 결과가 좋지 않은지. 마음에 들어서 고백했던 여자의 마음속에는 다른 남자가 있었던 것이었는지. 어떤 녀석은 쉽게 만나고 헤어지기를 반복하는데, 나에게는 만남을 시작하는 것 자체가 왜 이렇게 어려운 것인지. 알 수가 없다. 그래서 '연애'는 장 대리의 현재 진행 중인 고민이기도 하다.

아주 오래전, 로마가 세계의 중심이었던 시절에 '연애'에 대해서 이야기했던 시인이 있었다. 그의 이름은 푸블리우스 오비디우스 나소인데 보통 줄여서 '오비디우스'라고 부른다. 그는 기원전 43년에 태어나 서기 17년에 죽었다. 그는 인간의 보편적인 감정이라고 할 수 있는 사랑을 노래했다. 오비디우스의 작품 중 제일 유명한 것은 〈변신이야기〉이다. 하지만 현대를 살아가는 우리에게는 아마도 그가 쓴 〈사랑의 기술〉이 더욱 필요할지도 모른다. '사랑'을 빼놓고 우리의 삶을 논할 수 없기 때문이다.

오비디우스가 지은 〈사랑의 기술〉은 고대 로마 판 작업의 정석이라고 할 수 있다. 그때나 지금이나 사람들이 사랑을 갈구하는 것은 마찬가지다. 평생 결혼을 하지 않고 살아갈 것이라고 생각하는 사람도 연애는 하고 싶어 하지 않는가.

장 대리는 책 속의 내용을 훑어보면서 놀라지 않을 수 없었다. 과거 자신이 읽었던 연애 지침서와 내용이 크게 다르지 않았다. 그리고 생각했다. 지금이나 그때나 사람들이 이성의 사랑을 원하는 것은 똑같다고 말이다. 당시에도 사람들은 지금처럼 누군가를 만나고 싶어 했고, 사랑이 쉽지 않다고 생각했을 것 같다. 그래서 오비디우스가 〈사랑의 기술〉을 썼던 것이 아닐까.

자신의 눈앞에 있는 문제를 해결하기 위해서 책을 읽을 때가 있다. 좀처럼 만들어지지 않는 독서습관 때문에 고민이 있는 사람은 '독서법'에 관한 책을 읽을 것이다. 아이들을 잘 교육하고 싶은데 그 방법이 궁금한 사람은 유아 교육서를 찾아볼 것이다. 이런 모습들은 2천 년 동안 사랑에 대한 궁금증으로 오비디우스의 〈사랑의 기술〉을 읽었던 사람들의 모습과 비슷하다.

2천 년 전에도 사람들이 지금과 같이 이성과의 사랑을 원했던 것을 보면 사람의 본성은 변하지 않는 것 같다. 21세기 사람들이 하는 고민과 2천 년 전 사람들이 하는 고민이 비슷하다.

사랑, 우정, 행복 등등 다양한 주제의 글이 2천 년 전에 쓰이고 읽혔다. 로마의 문인이자 정치가였던 키케로가 〈우정에 대하여〉라는 글을 썼고, 네로 황제의 스승이자 정치가였던 세네카 역시 〈행복에 대하여〉라는 글을 남겼다. 사랑을 갈망하고, 우정을 추구하며, 행복한 삶을 찾는 모습은 현대인과 동일하다.

과학적인 관점으로 봐도 고대인과 현대인의 본질은 크게 차이가 나지 않는다. 2천 년 전의 뇌와 지금 사람들의 뇌가 크게 다르지 않다. 2천 년이라는 시간은 인간의 보편적인 특성이 변화하기에는 너무 짧다. 사람들의 모습이 변하지 않는 것처럼, 그들이 중요하게 생각하는 것도 크게 달라지지 않는 것이다. 21세기의 사람들이 행복, 사랑, 우정과 같은 가치를 중요하게 생각하는 것처럼, 과거 사람들도 그러한 가치들을 중요하게 생각했던 것이다.

이를 다시 생각해 보면, 과거에 고전을 썼던 사람들이 중요하게 생각했던 가치와 우리가 중요하다고 생각하는 가치는 크게 다르지 않다. 우리의 고민들을 그들도 똑같이 했을 것이라고 본다.

그들과 우리의 모습은 다르다. 휴대전화를 통해 멀리 있는 사람에게 소식을 전하고, 운전을 하여 편리하게 이동한다. 모습은 다를지라도, 그 모습이 가지고 있는 본질은 같다. 우리가 휴대전화를 이용하는 반면에 고대 그리스에서는 사람을 이용했다. 페르시아와의 마라톤 전투에서 승리한 후 42.195km를 달려서 시민들에게 승리의 소식을 전하고 쓰러졌다는 한 사람의 일화는 유명하다.

소식을 전하기 위해서 불을 이용하기도 했다. 조선 시대에 국가에 위급한 일이 있을 때마다 이용했던 '봉화'가 바로 그것이다. 이렇게 누군가에게 소식을 전하는 행위는 인간이 오랜 세월 동안 해 왔던 일이다. 전화를 쓰느냐, 불을 쓰느냐, 사람이 직접 전하느냐의 차이가 있을 뿐, 그 본질은 동일하다.

이동을 하는 것도 마찬가지다. 지금 우리는 직접 운전을 할 때도 있고, 버스나 기차 같은 대중교통을 이용하기도 한다. 과거에 말, 전차, 마차, 인력거 등의 교통수단이 발전하여 자동차나 버스가 된 것이다. 수단이 바뀌었을 뿐, 어디론가 이동하기 위해 무언가를 이용하는 인간의 모습은 그대로인 것이다.

생활양식은 시대가 바뀜에 따라 변화해 왔지만 인간 그 자체는 변화하지 않았다. 과거 역사 속 여러 사람들과 우리는 본질적으로 같은 사람인 것이다.

미래에 기후 환경이 바뀌어서 지금 현재의 땅이 모두 물에 잠겼다고 상상해 보자. 그때 인류는 물속에서 생활할 수 있게 목에 아가미가 달릴 수도 있을 것이다. 혹은 정신적으로 진화한 인류가 말을 통해 의사소통을 하지 않고 서로 텔레파시를 통해 이야기를 나눌 수도 있을 것이다. 그런 진화가 일어난다면 사람들이 생각하는 사고방식이나 추구하는 가치가 달라지지 않을까.

결국 과거에 고전을 썼던 사람들도 우리와 별 차이 없는 한 명의 인간이었다. 그들도 우리와 같이 먹고 자고 일하며 생활했다. 언어를 배우고 말과 글을 통해 타인과 의사소통을 했다. 지금 현재 자신의 책을 쓰고 있는 사람들처럼 그들도 언어를 통해 자신이 하고 싶은 이야기를 책으로 옮겼던 것이다.

그들이 가지고 있었던 고민이 우리와 전혀 동떨어져있는 것이라고 생각해서는 안 된다. 그들이 대면했던 문제, 그리고 그 문제를 해결하기 위한 고민들은 결국 우리와도 관련이 있다. 결국 우리의 삶과도 연관되는 문제이기 때문이다.

그래서 우리는 고전의 목소리에 귀를 기울일 필요가 있다. 무심코 읽기 시작한 고전이 알고 보니 지금 나에게 필요한 이야기였을 수도 있다. 게다가 고전을 통해서 과거 나의 행동을 반성해 볼 수도 있다. 이를 통해 우리의 삶에 대해 생각해 볼 수 있다.

지금 나의 앞에 직면한 문제에 대해서 생각해 보라. 고전을 읽다 보면 지금 내가 하고 있는 고민과 비슷한 고민을 했던 사람들을 만날 수 있다. 그들과의 대화를 통해 우리는 그 고민 속에서 내가 가야 할 방향을 선택해 볼 수 있지 않을까. 때때로 고전이 당신에게 방향을 알려주는 지도의 역할을 할 수 있을 것이라고 생각한다.

고전은 친절한 실용서와 다르게 불친절하다. 하지만 한 단어씩, 한 문장씩 그 속에 담긴 의미를 생각하고 되새기며 읽다 보면, 고전을 통해서 우리의 삶을 바라볼 수 있을 것이다. 그 속에서 우리 삶 속 문제와 고민들에 대한 힌트 역시 찾을 수 있다.

오랜 과거 속의 누군가가 했던 고민을 통해서 현재 자신이 하고 있는 고민을 들여다볼 수 있게 된다. 그때 우리는 고전이 주는 매력에 더욱 심취하게 될 것이라고 믿는다.

07

시도해 보기 전에는 알 수 없다

장 대리는 고전이 무수히 많은 책이 있는 책장 앞에 서 있었다. 서점의 벽면에 설치된 책장에는 이런 책들이 꽂혀 있었다. 〈플루타르코스 영웅전〉, 〈일리아스〉, 〈오디세이아〉, 〈변신이야기〉, 〈차라투스트라는 이렇게 말했다〉, 〈파우스트〉 등등

이 책들의 공통점이 하나 있다. 바로 매우 두껍다는 것. 책이라기보다는 벽돌과도 같은 무게감이 느껴진다. 서가에 꽂아두면 왠지 내가 멋있어 보이지만, 무게감으로 인해서 저 자리를 계속 지키고 있을 것 같은 책들이다.

하지만 책은 누군가에게 읽힐 때 의미가 있다. 책장에서 나오지 않는 책은 그것들이 가지고 있는 힘을 잃어버리게 된다. 우리가 책을 읽

을 필요가 있듯이 책도 누군가에 의해서 읽힐 필요가 있다. 다행스럽게도 장 대리가 있었던 책장에 있던 책들은 누군가에 의해서 오랜 세월 동안 읽히고 읽혔다.

장 대리는 조용히 몇 권의 책을 들고 계산대로 갔다. 그의 손에는 〈플루타르코스 영웅전〉과 〈변신이야기〉가 들려져 있었다.

우리는 삶 속에서 여러 가지 일들을 하며 산다. 일을 통해 즐거움도 느끼지만 괴로움을 느낄 때도 있다. 하지만 일을 하면서 얻을 수 있는 것 중에 하나는 자기 자신이 무엇을 좋아하고 무엇을 잘하는지 파악할 수 있게 해 주는 점이 있다.

자신이 어떤 일을 잘하고 어떤 일을 좋아한다는 것을 아는 것은 우리 삶에서 무척 중요하다. 무한 경쟁이 펼쳐지는 사회 속에서 우선 자기 자신에 대해 파악한다는 것은 수많은 변화 속에서 중심을 잃지 않을 수 있는 기반이 되기 때문이다.

때로는 자기 자신에 대한 분석을 통해 알게 된 사실 때문에 우리는 삶의 한계선을 스스로 그어 버리기도 한다. 우리가 세월의 흐름을 이겨낸 무거운 책들 앞에서 머뭇거리는 것도 바로 그 한계선 때문이 아닐까.

'아, 나는 이런 책들과는 거리가 멀어.'

'굳이 이런 책 안 읽어도 잘 살 수 있잖아.'

'이런 책들은 머리 좋은 사람들이 읽는 책이지.'

‘나는 인문고전과 거리가 멀다.’는 명제가 있다고 생각해 보자. 이 명제가 참일까? 거짓일까? 과거에 인문고전 한 권을 읽다가 못 읽은 경험이 있는 사람이라면 ‘그래, 나는 인문고전과 거리가 멀어.’라는 결론을 내릴 수 있다.

하지만 저 명제가 참일지, 거짓일지는 아무도 모른다. 증명되지 않았기 때문이다. 어떤 일이든 마찬가지이다. 시도해 보기 전에는 알 수 없다. 아무것도 해 보지 않고 단순히 과거의 경험만을 통해서 결론을 내려서는 안 된다.

과거는 과거이고, 우리는 현재를 살아간다. 시간의 흐름 속에서 우리는 변화한다. 여러 경험이 쌓이고, 여러 능력이 만들어진다. 세상을 보는 눈도 조금씩 달라진다. 과거 속의 나는 지금의 나와 연결되어 있다. 하지만 그 둘은 다르다. 과거 속의 나와 지금의 나는 같은 존재이면서도 다른 존재다.

우리 모두 인문고전 앞에서 주저하고 머뭇거리지 말았으면 좋겠다. 아주 오랜 시간 동안 사람들이 고전을 읽고 또 읽었다. 고전을 읽으면서 느끼게 될 어려움을 두려워할 필요는 없다. 어려움을 느낀다는 것은 그 자체는 나쁜 것이 아니다. 우리는 이를 이겨냄으로써 더욱 성장할 수 있다. 어떤 상황에서든 우리가 겪는 어려움도 우리의 삶 일부이다.

‘길고 짧은 것은 대봐야 안다.’라는 속담이 있다. ‘밥인지 죽인지는 솥뚜껑을 열어 보아야 안다.’는 속담도 있다. 그와 마찬가지로 고전이 어려울지 쉬울지도 읽어 봐야 한다. 어려운 고전도 있겠지만 생각보다 쉽게 읽히는 고전도 있다. 아예 처음부터 겁을 먹고 거리를 둘 필요가 없다는 말이다.

책을 읽다 보면 그런 순간이 있다. 분명히 나는 한글로 된 텍스트를 읽고 있는데, 무슨 말인지 이해가 되지 않을 때. 4~5분이 넘도록 1페이지가 넘어가지 않을 때. 내가 두 손에 잡고 있는 것이 돌처럼 무거워질 때. 그럴 때마다 자아성찰의 시간이 찾아온다. 나는 누구이며 여기는 어디인가. 나는 왜 이러고 있는가. 무슨 말인지 알 수가 없다. 한글이 아닌 외계어를 읽고 있는 것 같다. 뭔가 멋있는 말인 것 같다. 하지만 정확한 의미는 알 수가 없다.

그럼에도 불구하고 이런 이유 때문에 시도조차 하지 않는 일은 없었으면 한다. 서점에 있는 베스트셀러나 실용서를 세 권 읽는다면 최소한 한 권은 고전을 읽어 봤으면 좋겠다. 물론 처음에는 쉽지 않을 것이다. 하지만 어렵다고 포기해 버리기에는 고전에서 찾을 수 있는 보물이 너무나 많다.

고전을 읽기 위해 필요한 것은 두 가지이다. 시작할 용기와 지속할 끈기. 모두 용기를 가지고 도전했으면 좋겠다. 고전은 어려울 수밖에 없다. 아주 오래전 우리와 생활방식과 사고방식이 달랐던 사람들이 다른 언어로 썼기 때문이다. 그래서 누구에게나 어렵다. 용기를 가지고 시작했지만 많은 사람들이 어려움을 겪는다.

그래서 끈기가 필요하다. 끈기가 있어야 어려움 속에서도 한 글자씩 읽어 내려갈 수 있다. 다소 느리더라도 읽어나갈 수 있으며 책 한 권을 다 읽을 수 있게 된다. 그 과정 속에서 우리는 고전이라는 지도를 탐사하며 보물을 찾을 수 있게 된다. 세상에 공짜는 없는 법이다. 아무런 고생 없이 보물을 손에 잡을 수도 없다.

원룸 근처의 카페. 밤이 깊어가고 있었다. 장 대리는 오비디우스의 〈변신이야기〉를 읽고 있었다. 며칠째 읽고 있는지는 잘 모르겠지만 꾸준히 읽고 있다.

어려워서 쉽게 읽기 어려울 것 같았고, 두꺼워서 끝까지 읽기 어려울 것 같은 책이었지만 어느새 5분의 4 정도를 읽었다. 〈변신이야기〉에서는 로마의 역사가 등장하고 있었다. 율리우스 카이사르가 등장하고, 아우구스투스가 등장하고 있었다.

약간 어렵긴 하지만 충분히 읽어볼 만하다고 장 대리는 생각했다. 처음에는 읽기 힘들 수 있더라도 시간을 투자해 보면 읽을 수 있다고 말이다.

우리는 고전이 해 주는 이야기에 귀를 기울일 필요가 있다. 시간의 거센 흐름을 이겨낸 고전이 주는 이야기는 다소 어렵게 느껴질 수 있을 것이다. 그래도 시도를 해 봤으면 좋겠다. 그 시도가 결국 우리를 성장시킬 것이기 때문이다.

시도해 보지 않으면 결국 아무것도 되지 않는다. '그 안의 내용 이해하지 못할 거야, 다 읽지도 못 할 거야.'라고 미리 한계를 긋지 말

자. 고전 읽기를 시도함으로써 보이지 않는 벽을 넘을 수 있다면 좋겠다. 이를 통해 당신이 그동안 보지 못했던 세상을 바라볼 수 있을 것이라 믿는다. 그리고 고전은 우리의 지평을 넓히고 우리를 새로운 세상으로 이끌어 줄 것이라고 생각한다.

즐거운 고전읽기를 위한 TIP 2

독서 모임을 활용하면 좋은 점 세 가지

고전을 읽을 때 독서 모임에 참여해보는 것도 좋다. 집근처에 독서 모임이 있는지 확인해보고, 어떤 식으로 운영되는지 알아보고 참석해보자. 보통 독서모임에서는 한 가지 책을 지정하여 다 같이 읽거나, 아니면 각자 자신이 읽은 책을 자유롭게 얘기하기도 한다. 최근에는 SNS나 '소모임'과 같은 어플을 이용하여 주변에 어떤 모임이 있는지 쉽게 알 수 있다.

독서 모임에 참여하여 다른 사람들에게 자신이 읽은 고전에 대해서 이야기해보는 것에는 세 가지 장점이 있다. 첫째, 자신이 읽은 고전에 대해서 더 잘 알 수 있게 된다. 누군가에게 자신이 읽고 느낀 바를 정리해서 알려주기 위해서는 어느 정도 사전 준비가 필요하다. 읽었던 고전을 다시 한 번 읽어 보고, 어떤 이야기를 해주면 좋을지 정리하는 과정을 거치게 되는 것이다. 이런 준비 과정은 자신이 읽은 고전에 대해서 보다 잘 이해할 수 있게 해준다.

둘째, 다른 이들의 의견을 물어볼 수 있다. 자신의 생각이나 느낀 점에 대해 이야기하다가 책을 읽으면서 가졌던 궁금한 점에 대해서 다른 사람들에게 물어볼 수도 있다. '나는 이렇게 해석했는데,

너는 어떻게 보냐?' 이런 식으로 질문할 수 있다. 고전은 어려운 책이지만 이렇게 고전에 대한 이해를 한층 더 높일 수 있다. 그리고 다른 사람들의 이야기를 들으면서 '아, 이렇게 생각해볼 수도 있구나.'하며 깨달을 수 있다. 특히, 참여한 사람들이 동일한 책을 읽고 동일한 책에 대해서 이야기하는 경우에 해당 고전을 보다 넓고 깊게 접근해볼 수 있는 장점도 있다.

셋째, 독서 모임을 통해서 다양한 고전을 접할 수 있게 된다. 세상에는 다양한 고전이 있다. 얼마 전에도 '앵무새 죽이기'이라는 책을 추천 받은 적이 있는데, 처음 들어본 책이었다. 무슨 책인가 검색해봤더니 출간된 지 50년도 넘었지만, 여전히 전 세계의 많은 사람들이 읽고 있는 미국 소설이었다. 이렇게 자신이 작성한 100권의 고전 목록 외에도 많은 고전이 있음을 알게 된다. 자신이 몰랐던 책을 알게 됨으로써 다양한 고전을 접할 수 있는 기회를 얻을 수 있다.

제 3 장

읽기 전과 읽은 후, 세상이 바뀌다

01

우리 시대의 '자유'를 다시 생각해 보다
:: 존 스튜어트 밀 <자유론>

왜 기다려왔잖아 모든 삶을 포기하는 소리를
이 세상이 모두 미쳐버릴 일이 벌어질 것 같네

책을 읽고 있는 장 대리의 머릿속에 노래 한 곡이 떠올랐다. 서태지와 아이들의 '시대유감'. 장 대리는 어린 시절 서태지와 아이들을 좋아했다. 용돈을 모아서 4집 음반을 구매했는데 정작 '시대유감'이라는 곡에는 가사가 빠져 있었다. 무슨 일이 있었던 것일까.

서태지와 아이들이 4집 앨범을 발표할 때였다. 당시에는 사전 심의 제도가 있어서 음반 발매 전에 곡에 대한 심의가 이뤄졌다. 한국 공연 윤리 위원회에서는 '시대유감'의 가사 일부가 현실을 부정적으로 표현했다는 이유로 '불가' 판정을 내렸다. 서태지와 아이들은 가사를 수

정하지 않고, 삭제하여 연주곡 형태로 음반에 포함시켰다.

이런 사실이 알려지자 PC통신 하이텔의 게시판에서 한국 공연 윤리 위원회를 성토하는 글이 올라오기 시작했다. 2천여 건의 토론이 진행되는 등 사전 심의에 대한 여론이 활발해지자 당시 새정치 국민회의의 김대중 총재도 진상 조사 위원회를 구성하여 논의를 진행했다. 이런 과정들을 거치면서 사전 심의 제도는 사라졌다. 음악가들의 표현의 자유를 제한하던 제도는 사라지고, 우리는 과거에 비해서 다양한 목소리들을 들을 수 있게 되었다.

존 스튜어트 밀은 그의 저서 〈자유론〉에서 이야기했다. 사람들이 찬반양론을 모두 이야기할 수 있는 곳에서는 언제나 희망이 있다고. 그리고 그렇지 못할 경우에 대해서 부작용도 함께 이야기했다.

> 사람들이 듣기 싫어도 찬반양론을 모두 들을 수밖에 없는 곳에는 언제나 희망이 있다. 하지만 오직 한쪽의 의견만을 들을 수 있는 곳에서는, 그 의견 속에 들어 있는 오류들이 진리로 여겨지고 굳어져서 편견으로 자리 잡게 되고, 그 의견이 마치 진리 전체인 양 과장됨으로써, 그 의견 중에서 진리인 부분은 진리로서의 효과를 지닐 수 없게 되고 만다.

그의 말에 비춰볼 때 사전 심의와 같은 제도로 표현의 자유가 침해되는 건 좋지 않은 일이다. 다양한 의견이 사회로 나올 수 있어야 한다. 자유롭게 자신의 의견을 주장할 수 있도록 함으로써 다양한 의견을 들을 수 있게 되기 때문이다.

다양한 의견이 사회의 발전에 중요한 역할을 할 수 있다. 사람들이 말하는 의견이 모두 공론화되지는 않을 것이다. 하지만 사회의 발전에 있어서 중요한 이야기이고 필요한 이야기라면 사회의 구성원들 사이에서 여론이 형성될 것이다. 이후에는 토론이 펼쳐지고 서로 옳고 그름을 따져 볼 것이다. 이런 과정을 통해 누군가 제시했던 의견은 검증이 된다. 구성원들의 집단에서 모두 토론을 통해서 이런저런 다양한 얘기가 나올 수 있을 것이다. 누구나 자신이 하고 싶은 이야기를 할 수 있어야 한다.

다양한 의견을 듣고 많은 사람들이 옳은지, 그른지를 판단할 것이다. 각각 개개인들의 의견이 모여서 여론이 되고, 사회를 이끌어 간다. 존 스튜어트 밀은 다양한 의견이 개진되는 일이 절대로 사회에 유해하지 않을 것이라고 했다.

각 개인이 가지고 있는 의견을 더 듣고 검증하는 과정을 거치면서 그들의 의견은 종합된다. 각자가 의견을 개진하는 것을 꺼리지 않고, 주변에서도 각자의 의견을 내세우는 것을 막지 않게 된다면 큰 도움이 된다. 보다 다양한 사람들의 의견을 수집하고 검증함으로써. 자유로운 토론은 우리 사회에 꼭 필요한 것이다.

하지만 다시 한번 밀은 이럴 때 주의해야 할 점을 알려 준다.

> 사람들은 자신이 틀릴 수도 있다는 사실을 이론적으로는 언제나 인정하지만, 현실에서 어떤 문제에 대한 자신의 판단과 관련해서는 실질적으로 그것을 인정하지 않는다. 누구나 자기가 얼마든지 틀릴 수 있다는 것을 잘 안다. 하지만 자신의 의견이나 판단이 틀릴 경우를 대비해서 어떤 예방조치를 취하는 것이 꼭 필요하다고 생각하거나, 자신이 아주 확실하다고 느끼는 어떤 의견이 사실은 그들 자신이 인정한 대로 틀린 경우들 중 하나일 수 있다는 것을 받아들이는 사람은 거의 없다. 자신의 의견이나 생각이 100% 옳다고 생각하면 안 된다.

장 대리는 곰곰이 생각해 봤다. 그동안 살면서 무조건 내 의견이 맞고, 그렇게 되는 것이 정상이므로 그렇게 되어야 한다고 생각했던 적은 없는지. 고집부리고 자신의 멋대로 행동했던 적은 없는지.

몇 년 전 일이 생각났다. 회사에서 누군가 한 명이 체코로 출장을 가야만 했다. 현지 공장에서 문제가 발생했고, 이를 원활히 해결할 누군가가 필요했다. 그 일에 대한 적임자는 누구보다 자기 자신이라고 확신했다. 그리고 체코는 한 번쯤 가 보고 싶었던 나라였다.

하지만 회사에서는 본인 대신 다른 사람을 출장 보내기로 결정했다. 그 사람은 이제 갓 회사에 들어온 신입사원이었다. 능력은 있어 보이지만, 아직 뭔가를 맡기기에는 너무나 부족해 보였다. 장 대리는 그들이 잘못된 결정을 내렸다고 생각했다.

장 대리는 며칠 동안 그런 결정을 내린 상관들에게 무뚝뚝하게 대했다. 그 신입사원에게는 까칠하게 얘기하기도 했다. 며칠 뒤 술자리에서 알게 되었다. 그 신입사원 혼자서 가는 것이 아니라 부장이 함께 가도록 되어 있었다. 회사에서도 성실하게 회사를 다니면서 일을 열심히 하고 있는 신입사원이 경험을 쌓고 빨리 성장하기를 바라는 마음에서 그런 결정을 내렸다고 했다.

당연히 자신이 갈 것이라고 확신했지만, 그것은 그만의 생각이었다. 그가 100% 옳다고 생각했지만, 그것은 그의 자만이었다. 책을 읽으며 그는 언제나 자기 자신의 의견이 틀릴 수도 있다는 사실을 잊지 말아야 한다고 생각했다.

존 스튜어트 밀이 쓴 〈자유론〉은 단순히 철학적으로 '자유란 무엇인가'를 이야기하는 책이 아니다. 〈자유론〉은 사회 내에서의 개인의 자유를 이야기하고 있다. 국가나 주변 사람들과 같은 사회가 우리 개인의 자유를 어떻게 그리고 얼마나 구속할 수 있는지를 이야기한다. 그리고 어떤 경우에 그 구속이 타당하고, 그렇지 않은지를 설명한다. 지극히 현실적인 관점의 '자유'를 이야기하는 것이다.

그래서 장 대리는 이 책이 좋았다. '인간 본연으로서의 자유가 아닌 사회 구성원 중 한 명으로서의 자유'를 이야기하기에 뜬구름 잡는 이야기처럼 들리지 않았다. 150년 전에 쓴 책이라고 느껴지지 않았다. 존 스튜어트 밀은 지금 우리 시대에 필요한 이야기를 하고 있었다.

장 대리는 생각해봤다. 그렇다면 '자유'를 누린다는 것은 무엇일까.

자유로운 사람은 어떤 사람인 것일까. 그에 대한 해답을 책에서 구할 수 있었다.

> 사람이 세계 또는 그를 직접적으로 둘러싸고 있는 세계가 정해준 대로 자신의 일생을 살아간다면, 그에게는 원숭이 같이 흉내 내는 것 이외의 다른 능력들이 있을 필요가 없다. 반면에, 자신의 일생을 스스로 선택하고 정하는 사람은 인간에게 주어진 모든 능력을 사용하게 된다. (중략) 사람이 어떤 일을 하는지도 중요하지만, 사실은 그 일을 하는 사람이 어떤 사람인지가 더 중요하다. 사람이 자신의 일생 동안 하는 일들 중에서 가장 중요한 일은 자기 자신을 완성해 나가고 찬란하게 꽃 피워 나가는 것이기 때문이다.

'나는 어떤 사람이 되고 싶은가.'

장 대리의 고민은 다시 깊어져 갔다.

02

진정한 리더가 갖춰야 할 덕목은 무엇인가

:: 니콜로 마키아벨리 〈군주론〉

"체사레의 철학이라고? 음모를 꾀해 자기 친구의 아들에게 누명을 씌우는 것? 자신의 딸을 권력을 잡기 위한 도구로 이용하는 것? 아니면 이렇게 조국에 외세를 끌어들이는 것을 말하는 것인가? 마키아벨리!"

"제국은 지금 황제가 없네. 그렇기 때문에 더욱 각하 같은 분이 필요한 것이네. 모든 사적인 감정을 죽이고 잔혹할 정도의 수단을 강구해서라도 제국을 통일하고 평화를 되찾을 군주가 필요하다는 말이네."

장 대리는 과거에 즐겨했던 게임 속에서 마키아벨리를 만난 적이 있다. 마키아벨리라는 이름은 게임 속 가상 인물일 것이라 믿었다. 하지만 그렇지 않았다. 니콜로 마키아벨리는 르네상스 시대 피렌체 공화국의 외교관이었고, 역사가이자 사상가였다.

마키아벨리는 위의 내용이 담긴 〈군주론〉을 당시 피렌체의 유력 가문이었던 메디치가의 로렌초 메디치에게 바쳤다. 로렌초 메디치가 읽고 어떤 느낌을 받았는지는 알 수 없지만, 이후 〈군주론〉은 바티칸에 의해서 금서로 지정되었다.

게임에서와 마찬가지로 마키아벨리는 〈군주론〉에서 군주는 때때로 잔인한 수단을 써야 할 필요가 있다고 말했다. 어째서 그런 말을 했던 것일까?

마키아벨리가 살던 르네상스 시대의 이탈리아는 여러 나라로 나눠져 있었다. 이탈리아인들은 외세의 침략에 고통을 받고 있었다. 이탈리아의 여러 공화국들 간의 전투와 혼란은 시민들의 삶을 힘들게 했다. 마키아벨리는 체사레 보르자와 같은 강력한 군주에 의해서 이탈리아가 통일되어야 한다고 주장했다. 그렇게 되면 평화가 찾아올 것이고, 외세의 침략에도 대응할 수 있으며, 사람들도 보다 안정적인 생활을 할 수 있게 될 것이라고 생각했다.

오랫동안 역사 속 여러 나라들은 한 사람의 군주에 의해서 다스려지는 나라였다. 하지만 지금은 시민들이 정치에 참여하는 시대가 되었다. 오랜 세월 동안 시민들은 자기 멋대로 나라를 끌어 나가려고 하는 독재자에게 저항했고, 그 권리를 가져오는 데 성공했다.

권력이 한 명의 사람에게서 다수의 시민으로 넘어온 지금, 〈군주론〉은 어떤 의미가 있을까? 얼핏 생각해보면 이제 군주에 의한 지배는 끝났으므로 그 책의 생명력도 끝난 것은 아닐까? 하지만 전혀 그렇지 않다. 지금도 많은 사람들이 〈군주론〉을 읽고 있다. 500년 전에 써진 책이 여전히 사람들에게 읽히고 있는 것은 책을 통해 '리더'에 대해서 한 번쯤 생각해 볼 수 있기 때문이다.

장 대리는 책을 읽으면서 군대 시절을 돌이켜 봤다. 폭언과 구타가 존재하던 시절. 셀 수 없이 많은 얼차려를 받고 폭언을 들었다. 그리고 발이며, 종아리며, 얼굴이며 신체의 여러 부분에 구타를 당하기도 했다.

'나중에 내가 저 위치가 되면 저러지 말아야지.' 장 대리는 시간이 지나면 그들과 다르게 따뜻한 선임병이 되어 후임병들을 이끌어 가야겠다고 다짐했다.

하지만 현실은 그렇지 않았다. 막상 자신이 그 위치에 서 있고 보니, 후임들에게 따뜻하게만 대해주는 것이 도움은 되지만, 항상 도움이 되는 것은 아니었다. 일을 쉽게 할 수 있도록 편하게 만들어주는 것은 좋지만, 때로는 긴장감이 필요한 때도 있기 마련이다. 누군가 실수를 했을 때 좋은 이야기로 타일러 주는 방법도 있지만, 때로는 쓴소리도 할 줄 알아야 했다. 그 사람에게 상처가 될 수 있을지라도 필요하다면 해야 했다. 군대에서 장 대리는 어느 조직의 리더라면 착하게만 행동해서는 안 된다는 것을 알게 되었다.

그렇다. 사람은 언제나 착하게만 살 수 없다. 특히 누군가의 행동에 영향을 미칠 수 있는 리더라면 더욱 그럴 것이다. 〈군주론〉에서 마키아벨리는 이렇게 이야기한다.

> 군주는 인자하고, 신실(信實)하고 인간적이고 정직하고 종교적이어야 하며, 실제로도 그렇게 행동해야 하지만, 마음을 굳게 먹고 그러한 덕과 반대되는 일을 해야 할 필요가 있을 때에는 자세를 표변하여 능숙히 해낼 수 있어야 한다는 뜻입니다.

마키아벨리가 〈군주론〉에서 군주는 자신의 목적을 위해서는 어떠한 수단과 방법을 가리지 말아야 한다고 이야기하긴 했지만, 그것이 〈군주론〉의 핵심은 아니다. 그것은 일부일 뿐이다. 군주는 덕을 갖추고 있어야 한다고 주장했다. 하지만 항상 그렇게 행동해서는 안 된다고 이야기한다. 그것은 인간이 전적으로 선량하고 누군가의 말을 잘 따르는 존재가 아니기 때문이다. 그래서 마키아벨리는 인간은 사악하며, 그들 역시 군주와 약속한 사항을 전부 지키지 않기 때문에, 때로는 사악하게 행동할 필요도 있다고 한 것이다.

목적의 달성을 위해서는 어떠한 수단과 방법을 이용해도 괜찮다는 주장이 〈군주론〉의 핵심이 아니다. 앞에서 말했듯이 마키아벨리는 강력한 군주가 이탈리아를 잘 이끌어주기를 바라는 마음에서 책을 썼고, 이 책에서 우리는 당시 그가 생각했던 군주는 어떻게 해야 하는지에 대해서 알 수 있다.

책 속에 나오는 '군주'라는 단어를 '리더'로 바꿔 읽어보면 우리는 '리더'에 대해서 더 생각해볼 수 있다. 다음 구절을 한번 살펴보자.

> 군주는 재능이 있는 사람에게 호의를 베풀고, 어떤 분야에서 출중한 재주를 가지고 있는 사람을 영광스럽게 만들어 줌으로써 자신이야말로 능력 있는 사람을 사랑하는 인물임을 보여 주어야만 합니다. 그뿐만 아니라 군주는 시민들이 상업이나 농업이나 또는 그 밖의 모든 직업에서 자신의 능력을 마음 놓고 발휘할 수 있도록 기회를 줌으로써 그들을 격려해야 합니다.

리더는 다른 사람들을 이끌어 가는 사람이다. 뛰어난 사람들에게 기회를 줌으로써 그들이 자신의 능력을 발휘할 수 있도록 판을 깔아줘야 한다. 자신이 직접 일을 하지는 않더라도 나를 따르는 사람들이 보다 마음 놓고 일할 수 환경을 만들어 주는 것이 중요한 것이다. 그리고 마키아벨리는 리더들이 역사를 잘 알아야 한다고 이야기한다.

군주는 모름지기 역사를 읽고 거기에 나오는 위대한 선인들의 행적에 관심을 기울임으로써 그들이 전쟁에 처해서 어떻게 처신했는가를 알아야 하며, 그들이 승리한 원인과 실패한 원인을 밝히되, 전자는 취하고 후자는 피해야 합니다.

마키아벨리는 〈군주론〉속에 많은 역사의 사례를 실었다. 역사 속 사례에서 그가 군주에 대해 이야기하는 것과 마찬가지로 군주도 역사를 잘 알아야 한다고 이야기했다. 역사 속 사건을 이해하고 그것을 현재 눈앞의 사건에 비춰서 바라볼 줄 아는 리더는 다른 리더들이 보지 못하는 통찰을 가질 수 있다. 리더라면 과거를 통해서 현재를 읽고 미래를 대비할 수 있어야 한다고 그는 얘기한다.

그리고 리더에게는 결단성이 필요하다. 이랬다저랬다 하면 안 된다는 것이다. 마키아벨리는 이렇게 말했다.

> 군주가 변덕스러워 이랬다저랬다 한다거나, 비겁하여 결단성이 없다는 취급을 받는다면 곧 멸시의 대상이 됩니다. 배가 암초에 걸리지 않도록 선장이 늘 경계하는 것과 마찬가지로 군주는 그러한 존재가 되지 않도록 늘 경계해야 합니다.

자신의 결정에 믿음을 갖고 일을 추진해 나가야만 한다. 그래야 다른 이들도 자신을 믿고 잘 따라올 것이다. 자신이 불안해하는 모습을 보이면 다른 이들은 더 불안해한다.

우리는 위와 같이 마키아벨리의 〈군주론〉을 읽으며 '리더'에 대해서 생각해 볼 수 있다. 500년 전의 이야기이지만 어떤 조직이든 이끌어 봤던 경험이 있는 사람이라면 책에서 이야기하는 '리더'에 대한 이야기에 귀를 기울일 수 있을 것이라고 생각한다.

리더는 조직의 목표 달성을 위해서 때로는 누군가의 미움을 살 수 있는 일도 할 줄 알아야 하고, 역사를 공부해야 하고, 결단성이 있어야 한다. 게다가 다른 이들이 자신의 능력을 마음껏 펼칠 수 있도록 지원해 줘야 한다. 그 외에도 〈군주론〉에서 리더가 갖춰야 할 덕목을 살펴볼 수 있다. '나는 어떤 리더가 되어야 할까?'라는 의문이 들 때, 혹은 '어떤 사람이 리더가 되어야 할까?'라는 의문이 들 때 이 책을 다시 펼쳐보면 더욱 도움이 될 것이다.

03

우리가 역사를 알아야 하는 이유
:: 류성룡 〈징비록〉

고등학교 시절 장 대리는 역사에 관심이 많았다. 우리가 발 딛고 있는 이 땅 위의 역사는 물론이며 먼 나라의 역사도 흥미롭게 느껴졌다.

장 대리는 역사 속에서 다루는 '전쟁'이 매우 흥미롭게 다가왔다. 리더십이 있어 부하들을 잘 지휘하는 장군도 있고, 나라를 망하게 할 만큼 예쁜 여자도 등장한다. 그런 여자 때문에 전쟁이 발발하기도 했다. 그런 장면을 보면서 '얼마나 예쁘고 사랑스러우면 저럴 수 있을까?' 하고 생각도 해 봤다.

장 대리는 역사서에서 전쟁에 대해 설명한 부분들에 대해서 재미를 느끼기도 했다. 전쟁터를 종이 위에 그려 넣고, A라는 국가와 B라는 국가의 진영을 그린 뒤 왕이 병사들을 어떻게 배치했는지 상상해 본다. A 국가의 병사들의 움직임에 따라 B 국가가 대응하며 펼쳐지는 전쟁의 양상을 보는 것은 무척 재미있게 느껴졌다. 책이 얘기해 주는 대로 머릿속에서 상상을 할 때면 때로는 컴퓨터 게임보다 재미있을 때가 있다.

하지만 전쟁에 대한 글이지만 재미있고 흥미롭게 읽을 수 없는 책도 있다. 제 3자의 입장에서 보면 재미있을지 모르겠지만, 그 전쟁이 내가 두 발을 붙이고 있는 이 땅 위에서 일어났던 일이라면 어떨까? 당장 전쟁이 일어난다면 나는 용기를 가지고 가서 싸울 수 있을까? 전쟁이 끝난 후 나에게는 어떤 변화가 일어날 수 있을까? 나는 전투에 가면 살아남을 수 있을까?

우리 땅 위에서 펼쳐진 전쟁에 대하여 자세히 저술한 책이 한 권 있다. 바로 서애 류성룡의 징비록(懲毖錄)이다. 1592년 임진년 4월부터 무술년 1598년 11월까지 있었던 일들이 기록되어 있다. 징비록에는 류성룡이 직접 적은 서문이 있는데, 거기에는 이런 내용이 있다.

〈시경〉에 '내가 지난 일의 잘못을 징계해서 후에 환란이 없도록 조심한다.'는 말이 있으니, 이야말로 〈징비록〉을 저술한 까닭이다.

한편으로는 부끄럽기도 하고 참담한 심정이었을 것이다. 류성룡은 임진왜란 당시 왕이었던 선조를 바로 옆에서 보필했던 인물이었고, 그 누구보다 그 전쟁에 대해서 잘 알고 있었던 인물이었다. 그가 이렇게 책을 집필하여 임진왜란에 대한 기록을 남긴 이유는 후세 사람들을 위해서였다. 부끄러운 역사였고 이야기하고 싶지 않았을 것이다. 하지만 다음 세대의 사람들이 읽고 다시는 똑같은 잘못을 하지 않고 혼란을 겪지 않기 바라는 마음에서 〈징비록〉을 적었다.

그렇다면 임진왜란을 통해서 우리는 무엇을 배워야 할까? 어떤 교훈을 얻어야 할까?

첫 번째, 주변 환경을 잘 살펴보면서 살아가야 한다는 점이다. 물고기가 물을 떠날 수 없는 것과 마찬가지로, 우리를 둘러싼 주변 환경과 무관하게 살 수는 없다. 임진왜란 때도 조선은 주변 환경의 변화를 감지하지 못했다. 성리학에 바탕을 둔 유교적 질서를 유지하며 명나라와의 관계만 잘 유지하면 별문제 없이 잘 살 것이라고 생각했다. 100년 가까이 별다른 전쟁이 없이 평화 속에 살았다. 그래서 그 평화도 계속 이어질 것이라고 착각했던 것이었다.

〈징비록〉에 보면 이런 대목이 나온다.

> 당시 나라는 평화로웠다. 조정과 백성 모두가 편안하던 까닭에 노역에 동원된 백성들은 불평을 늘어놓기 시작했다. 나와 동년배인 전(前) 전적(典籍, 조선 시대 관직 중 하나) 이로도 내게 글을 보내왔다.
> '이 태평한 시대에 성을 쌓다니 무슨 당치 않은 일이오.'

사실 조선의 조정에서도 전쟁 준비를 아예 하지 않은 것은 아니었다. 남부 지방의 방어를 위해 국경 사정에 밝은 사람을 임명하여 보냈다. 그들로 하여금 무기를 준비하고 성을 쌓도록 했다. 하지만 그 대비는 너무나 미약했다. 일본이 준비했던 것에 비해서는 너무나.

일본은 조총이라는 무기를 포르투갈에서 샀고, 조총 제작 기술도 익혔다. 일본의 신식 무기 앞에서 조선의 군대는 아무런 상대가 되지 못했다. 단 하루 만에 부산이 함락되고, 10일 만에 지금의 상주가 무너졌다. 당시 유명한 장군이었던 신립도 일본군의 전진을 막지 못했다. 결국 임금은 수도인 한양을 버리고 도망가야 했다.

우리의 주변에 관심을 가져야 한다. 주변 환경이 변화한다면 우리도 그에 맞게 변화할 줄 알아야 한다. 관심을 갖고 주변을 살펴야 한다. 조선의 조정에서 일본의 변화에 주목하고 정보를 수집하는 데 집중했더라면 전쟁에 대한 대비도 더욱 철저하게 하지 않았을까.

두 번째로 얻을 수 있는 교훈은 국가가 제 구실을 못하면 백성들이 고생을 하게 된다는 것이다. 일본은 전쟁을 치르면서 민간인들을 잡아서 일본으로 데려가기도 했다. 그들 중 일부는 일본에서 노예가 되었고, 일부는 다른 나라의 상인에게 팔리기도 했다. 잡혀간 민간인들은 대부분 전쟁에 대해선 모르고, 그저 하루 먹고 하루 사는 데에도 빠듯한 사람이 대부분이었을 것이다. 그들에게 무슨 죄가 있는가? 어째서 고향을 떠나 타국으로 가서 노예로서 삶을 살아야 하는 것일까?

그들은 죄가 없다. 죄가 있다면 제 구실을 하지 못한 국가에게 있다. 백성들은 힘들게 일해서 세금을 내는데, 그들에게 안전을 보장하지 못했으니 국가에게 그 책임이 있다. 그래서 우리는 어떻게 해야 할까? 제대로 된 나라가 될 수 있도록 노력해야 한다.

다행히 지금은 조선 시대와 다른 세상이 되었다. 정치인들이 제 할 일을 제대로 못하면 이야기할 수 있다. 그 사람이 대통령이라 할지라도 잘못했다고 이야기할 수 있는 시대가 되었다. 게다가 촛불과 같이 평화적인 방법으로 대통령을 탄핵을 시킬 수 있지 않은가.

영국의 역사가 E. H Carr는 그의 저서 〈역사란 무엇인가〉에서 이렇게 이야기했다. 역사는 현재와 과거의 끊임없는 대화라고. 역사 속의 사건, 역사 속의 인물들이 하는 이야기에 귀를 기울여야 한다. 그들의 이야기를 통해서 우리는 여러 가지를 배울 수 있다.

그리고 그 역사 속 사건들이 반복될 수 있음을 알아야 한다. 국가 지도 계층의 무능과 무관심으로 인해서 시민들이 피해를 입게 되는 일은 수도 없이 많지 않은가. 장 대리는 차가운 바닷속에 잠긴 배 한 척에서 나온 한 구의 시신을 뉴스를 통해 보고 있었다.

이 두 가지 사례를 살펴보자. 1907년에 '빚 때문에 나라가 망하게 할 수 없다.'는 취지로 시작된 국채보상운동. 대구에서 시작하여 전국적으로 전개된 사건. 모금을 위해서 금연 운동을 하고, 비녀와 가락지를 내놓기도 했다. 90년 뒤에 이런 비슷한 일이 또다시 일어난다. 국가 부도 사태에 직면한 상황에서 국가는 IMF에 구제 금융을 신청했다. 그리고 대한민국 사람들은 금 모으기 운동을 통해서 국가가 진 빚을 대신 갚았다.

장 대리는 생각했다. 국가가 역할을 제대로 못 하면 시민들이 피해를 보는 모습을 보면서, 그리고 시민들이 그에 대한 수습을 하는 모습을 보면서. 그는 국가를 이끌어 가는 사람들이 어떤 사람이고, 어떤 일을 하는지에 따라 우리 삶의 모습도 많이 달라질 수 있다고 생각했다.

그래도 다행인 것이 많은 사람들이 자신의 의견을 낼 수 있는 통로가 다양해졌고, 선거라는 제도를 통해 직접 대통령이나 국회의원 등을 뽑을 수 있게 되었다는 사실이 다행스럽게 느껴졌다.

장 대리는 언젠가 학교 운동장에서 부메랑을 던졌던 일이 있었다. 역사도 부메랑과 비슷하다. 다시 되돌아온다. 가만히 앉아 있으면, 혹은 흘러가는 대로 지켜만 보고 있으면 돌아오는 부메랑에 머리를 맞고 쓰러질 수도 있다. 그래서 역사를 알아야 한다. 서애 류성룡이 〈징비록〉을 쓴 이유에 대해서 우리는 다시 한번 되새겨 볼 필요가 있는 것이다.

04

인간은 파멸당할 수 있지만, 패배할 수는 없다

:: 어니스트 헤밍웨이 〈노인과 바다〉

'아니, 이렇게 운이 안 좋을 수 있는 건가?'

장 대리는 〈노인과 바다〉의 산티아고가 무척 불쌍하다고 생각했다. 어니스트 헤밍웨이의 〈노인과 바다〉는 이렇게 시작하기 때문이다.

> 산티아고는 멕시코 만류에서 조각배를 타고 혼자 고기잡이를 하는 어부였다. 오늘까지 한 마리의 고기도 낚지 못하는 날이 84일이나 계속되었다.

84일이면 아주 긴 시간이다. 매일 바다로 나간다면 분명히 고기를 몇 마리씩은 낚아도 이상하지 않을 시간이다. 게다가 노인은 고기잡이 초짜가 아니라 오랜 시간 동안 낚시를 해온 베테랑이었다. 노련한

베테랑에게 그 정도의 시간이 주어진다면 이미 대어를 수차례 낚아도 이상하지 않을 것이었다.

'살라오(salao)'라는 스페인어가 있다. '운이 없는 사람'이라는 뜻이다. 딱 노인에게 맞는 말이다. 소설 속에는 노인을 도와주는 소년이 한 명 등장한다. 처음 40일 동안 소년은 노인과 함께 배를 타고 나갔다. 하지만 계속 고기를 잡지 못하자, 그의 부모는 소년에게 다른 배로 옮겨 타라고 얘기했다. 그리고 옮겨 타고 나서 얼마 되지 않아 소년은 큰 물고기를 세 마리 잡았다.

'운'이라는 것은 단순히 타고나는 것일까? 어째서 어떤 사람은 쉽게 물고기를 잡는데, 노인은 80일이 넘도록 물고기를 잡지 못하는 것일까? 장 대리는 궁금했다. 사람의 운명은 태어나면서부터 정해져 있는 것인가? 어떤 사람은 자신에게 온 기회와 행운을 놓치지 않고 산다. 반면에 온갖 불행을 뒤집어쓰고 아픔 속에서 살아가는 사람은 계속 그렇게만 살아야 하는 것인가?

장 대리에게 그런 적이 있었다. 하고자 하는 일 중에 그 어떤 것 하나도 제대로 되지 않을 때 말이다. 실망감, 허무감이 느껴졌다. 때로는 스스로를 자책했고, 때로는 주어진 현실에 대해서 분노했다. 자신이 원하는 대로 뜻하는 대로 되는 일 하나 없음에 무기력하게 하루하루를 살아내고 있었다. 주위 친구들과 마시는 소주 한잔이 장 대리의 유일한 낙이었던 시절이었다.

〈노인과 바다〉의 산티아고도 마찬가지였다. 오랜 세월 동안 배 위에서 낚시를 하면서 살았다. 그런데 80일 넘도록 고기가 안 잡힐 줄은 몰랐을 것이다. 나이가 들면서 젊을 때에 가지고 있었던 근력과 체력은 다소 떨어졌을 지라도, 경험의 힘은 무시할 수 없기 때문이다.

그럼에도 불구하고 산티아고는 달랐다. 긴 기간 동안 고기를 잡지 못했지만, 산티아고는 희망을 버리지 않았다. 그날도 바다로 나갔다. 하루를 견뎌내기 위한 물 한 병을 뱃머리에 두고서.

오랜만에 만난 물고기는 너무나 크고 힘이 거셌다. 산티아고 혼자서 감당할 수 없었다. 물고기가 미끼를 물었으나 산티아고는 끌어올릴 수 없었다. 오히려 미끼를 문 물고기가 그의 배를 끌고 갔다. 넓은 바다로. 아침에 나온 항구와 점점 멀어졌다. 뭘 어떻게 할 수 있는 상황이 아니었다. 주어진 환경 속에서 아무리 노력을 해도 답을 찾을 수 없는 상황. 장 대리는 산티아고의 모습에서 과거 자신의 모습을 보았다, 그 상황을 벗어나기 위해 발버둥을 쳐도 그대로인 현실, 무엇인가를 해야 하지만 전혀 할 수 없는 현실.

장 대리는 하루하루를 힘들게 버텨내며 살았던 예전을 기억해냈다. 어느 날, 정확히 어디서 읽었는지 기억은 나지 않지만 그의 가슴 속에 새겨진 문장 하나가 있었다.

'모든 것은 신이 주관하신다.'

장 대리는 어릴 적부터 무신론자였다. 하지만 그 짧은 문장을 읽으며 생각해보았다. 우리가 살아가면서 처하게 되는 운명은 어차피 인간이 어찌할 수 없는 영역이라고. 그렇지 않은가. 세상을 살아간다는 것은 참으로 살아가기 힘든 일이다. 왜냐하면 노력한 만큼 결과가 나오지 않기 때문이다. 그럴 때마다 우리는 화를 낸다. 왜 내가 한 만큼 결과가 나오지 않느냐고. 왜 내가 계획한 대로 되는 일이 하나도 없냐고. 어째서 내가 마음먹은 대로 되는 일은 하나도 없냐고.

모든 일을 신이 주관한다는 생각을 하고 나니 마음이 오히려 편해졌다. 장 대리는 자신이 통제할 수 없는 '운명'이라는 영역 대신에 '노력'이라는 영역에 집중하기로 마음먹었다.

산티아고도 그랬다. 86일 만에 온 엄청난 기회. 그는 거대한 물고기를 이길 수 없었다. 물고기를 끌어올리는 대신 자신이 끌려가는 신세가 되었다. 하지만 그는 운명을 탓하지 않았다. 오히려 그 운명을 받아들이고 그 운명 앞에서 어떻게 대처해야 할 것인지 생각했다. 물고기와의 싸움에 모든 노력을 집중했다.

거대한 물고기의 힘에 이끌려 산티아고는 넓은 바다까지 나가게 된다. 주변에는 그 어떤 땅도 보이지 않고, 아무런 배도 보이지 않았다. 물고기와 산티아고, 둘이 전부였다. 계속 이어지는 물고기와의 싸움 중에 그는 이렇게 이야기하기도 한다.

"바람직하지 않을지도 모르지만, 나는 이놈에게 사람이 어떤 일을 할 수 있으며, 얼마나 견뎌 낼 수 있는지를 보여주고 말테야."

산티아고는 그렇게 버티고 또 버텼다. 결국 물고기를 잡는 데 성공했다. 5.5미터 정도 되는 물고기를 항구까지 끌고 가기 위해서 줄을 이용하여 배와 고정시켰다. 그리고 돛을 달고 육지를 향해 나아가기 시작했다. 하지만 거기서 그의 시련은 끝나지 않았다. 냄새를 맡고 온 상어들이 그가 잡은 물고기를 물어뜯기 시작한 것이다. 상어 한 마리가 물러가면 다른 상어가 찾아왔다. 이게 대체 무슨 일이란 말인가. 힘들게 노력하여 얻은 물고기를 다 빼앗기게 된다니 말이다. 산티아고는 상어와 싸우면서 이야기한다.

"인간은 파멸당할 수 있어도 패배하지 않는다."

그랬다. 산티아고는 패배하지 않았다. 그가 잡은 고기를 사랑했고, 그를 끝까지 지키려고 노력했다. 상어 때문에 살점이 다 뜯겨 나가고 거대한 뼈만 가지고 항구로 돌아왔다. 하지만 그는 다시 바다로 나간 것이다. 자신에게 큰 의미가 있는 무언가를 잃어 본 적이 있는가. 자신이 노력해서 이룬 모든 것이 아무것도 아닌 것이 되었을 때 말이다. 우리는 그렇게 다 잃었지만 패배한 것은 아니다. 장 대리는 다시 바다로 나가는 산티아고의 모습을 보며 감명을 받았다.

나의 모든 노력이 담긴 것들을 가져간 '운명' 앞에서도 우리는 하루하루를 살아가고 있지 않은가. 삶이 아름다운 것은 앞을 가로막는 거친 바람 앞에서도 희망이라고 부르는 촛불을 켤 수 있기 때문이다.

인간은 운명이라는 거대한 흐름 앞에서는 나약한 존재이다. 산티아고가 대어를 낚아 올리려다가, 오히려 자신이 넓은 바다로 끌려 들어간 것처럼. 그리고 항구로 돌아오는 길에서 상어들의 습격 때문에 거대한 뼈만 들고 돌아올 수밖에 없었던 것처럼.

하지만 그 거센 운명 앞에서도 산티아고는 끝까지 싸웠다. 그의 모습은 초라해 보일지언정 그는 패배하지 않았다. 크나큰 고난 앞에서도 산티아고는 자신이 할 수 있는 일을 찾아 최선을 다했다. 그는 바다 위에서 혼자였다. 하지만 거대한 거인에 맞서 싸우는 난쟁이가 사람들의 환호를 받는 것처럼, 산티아고는 박수를 받을 자격이 있었다.

장 대리는 책을 덮으면서 과거의 모습이 떠올랐다. 왜 어째서 내 인생은 이렇게 힘들기만 한 것인가. 왜 그동안 나는 많은 것들을 포기하면서 살아왔는가. 나의 모습은 왜 지금도 이 모양일까. 하지만 그런 질문들을 이제는 벗어던지기로 했다.

책 속의 산티아고는 이야기했다. 희망을 버리는 것만큼 어리석은 일은 없다고 말이다. 그 어떤 상황에서도 자신을 잃지 않고 자신이 할 수 있는 일을 찾아서 하나씩 해나가는 것은 무엇보다 중요하다는 것을 장 대리는 알았다. 그리고 그런 과정을 통해 우리 삶이 보다 아름다워질 수 있다는 것도 깨닫게 되었다.

05

우리는 왜 삶의 무게를 지고 살아가는가
:: 밀란 쿤데라 <참을 수 없는 존재의 가벼움>

"과장님, 친구들이 저를 뭐라고 부르는지 아세요?"

"글쎄, 뭔데?"

"미존입니다."

"무슨 뜻이야?"

"미친 존재감이요."

"뻥치시네. 미약한 존재감 아니야?"

장 대리는 자신의 별명을 이야기해주었다. 그 이야기를 들은 한 과장은 장난삼아 말을 살짝 바꿔서 이야기했다. 한 과장의 말에 장 대리는 거짓말이 아니라고 말했다. 어떤 친구는 심지어 자신을 '미존님'이라고도 부른다는 이야기도 했다.

사람들은 누구나 타인들과의 관계 속에서 존재감을 느끼며 살아가고 싶어 한다. 타인이 나 자신의 이름을 한 번 더 불러줬으면 한다. 그리고 나에게 잘 대해 주기를 바란다. 자신의 존재가 타인에게 큰 의미를 갖고 있었으면 좋겠다는 생각도 한다.

그런 점에서 볼 때, 사람들은 자신이라는 존재가 가벼워지는 것을 싫어하는 것 같다. 밀란 쿤데라가 쓴 소설의 제목 〈참을 수 없는 존재의 가벼움〉처럼 말이다.

〈참을 수 없는 존재의 가벼움〉에는 네 명의 주요 인물이 등장한다. 토마시, 테레자, 사비나, 프란츠. 밀란 쿤데라는 1968년에 일어났던 '프라하의 봄'이라는 역사적 사실을 배경으로 소설을 적었다. '프라하의 봄'은 체코슬로바키아에서 일어난 자유민주화 운동이었다. 당시 소련군은 불법으로 체코슬로바키아로 침입하여 이 운동을 저지하였다.

네 명의 인물에 대해서 존재감이 가벼운 사람과 무거운 사람으로 나눠서 볼 수 있다. 토마시와 사비나는 가벼움, 테레자와 프란츠는 무거움으로. 그런데 사실 읽다 보면 동전의 양면처럼 정확히 가벼움과 무거움으로 나눠서 보기에는 무리라는 것을 알 수 있다.

토마시는 한 여자를 진지하게 만나지 않고, 끊임없이 새로운 여자를 만나고 헤어지기를 반복한다. 그러던 어느 날, 우연히 테레자를 만났고, 둘은 사랑하게 되며 결혼도 하게 된다. 그럼에도 불구하고 토마시는 끊임없이 바람을 피운다.

테레자는 토마시와 진지한 사랑을 하고 싶었다. 체코를 떠나 취리히로 오면 토마시도 변화할 줄 알았다. 그렇지만 그의 바람기는 그대로였고, 그녀는 체코로 돌아간다는 편지를 남기고 토마시를 떠난다. 끝없이 바람을 피우던 토마시 입장에서는 오히려 좋았을 것이다. 부인의 눈치를 볼 필요도 없고, 취리히의 길거리에서 언제나 새로운 사람을 만날 수 있기 때문이다. 그러나 그는 테레자를 따라 프라하로 돌아와 그녀의 곁으로 간다.

토마시의 수많은 여자 친구 중 한 명으로 사비나가 등장한다. 그녀는 자유롭게 연애를 하고 헤어지며 관계를 맺는다. 소설 속에서는 사비나의 남자 친구 중 한 명이 등장하는데 바로 프란츠다. 예쁜 아내와 결혼하여 안정적인 결혼생활을 하고 있던 프란츠가 불륜을 저지르게 된다.

삶이 무겁게 느껴질 때가 있는가? 책임, 의무가 생겼을 때에는 왠지 모르게 무겁게 느껴진다. 해야 할 임무가 생겼을 때도 마찬가지일 것이다. 반면에 가볍게 느껴질 때도 있다. 자유롭다고, 구속받는 것이 없다고 느낄 때 가벼움을 느낀다. 기분이 좋아서 날아가 버릴 수도 있을 것 같지만, 다른 한편으로는 전혀 무게감이 없어서 왠지 자신의 존재가 아무것도 아닌 것 같은 느낌이 들기도 한다.

소설 속 네 명의 인물은 각자 가벼움 또는 무거움을 나타내지만, 한없이 가볍거나 한없이 무거운 사람은 없다. 각자 자신만의 무게를 가지고 살아가고 있다고 해야 하지 않을까.

"Es muss sein.(그래야만 한다)"

소설 속의 토마시는 테레자를 쫓아서 프라하로 다시 돌아온다. 그가 돌아오면서 되뇌었던 말이 바로 '그래야만 한다.'이다. 토마시가 바람을 계속해서 피우긴 했지만, 테레자와의 결혼에 대해서는 가볍게 여기지 않았던 것 같다. 몇 번의 우연이 모여서 테레자와의 인연은 결혼으로 이어졌고, 그는 테레자와 헤어져서는 안 되고 그녀의 곁에 있어야만 한다는 생각을 가졌다.

'그래야만 한다.' 이 문구를 유심히 읽어보면서 장 대리는 생각했다. 반드시 '그래야만 하는' 것이 있을까? 하고 말이다. 세상 일 중에 '당연히' 그래야만 하는 것이 있을까? 복잡한 세상 속 여러 일 중에 100%의 당위성을 가지고 있는 일이 있을까?

어쩌면 우리 삶을 무겁게 하는 것들이 바로 '그래야만 한다.'에서 시작하는 것이 아닐까? 어린 시절에는 잘 모르지만 성장하면서 배우게 되는 교육에서 우리는 잘살기 위해 어떻게 해야 하는지 자신도 모르는 사이에 배우게 된다.

삶을 잘살기 위해서 우리는 좋은 학교를 가야만 하고, 좋은 직장을 가야만 하고, 좋은 배우자를 만나야 한다. 그렇다. '그래야만 한다.' 그 문구에서 시작된 부담감은 어느덧 우리 삶을 무겁게 짓누르기 시작하여 두려움이 되고, 불안함이 되고, 괴로움이 된다. 그런 부정적인 감정은 결국 우울과 불행으로 우리를 이끌어 가기 마련이다.

소설의 마지막 부분에 보면 토마시와 테레자의 대화가 나온다. 어느 호텔 지하에서 둘은 춤을 추며 이야기를 나눈다. 테레자는 자신이 토마시의 인생에서 모든 악의 근원이었다고 이야기한다. 본인 때문에 토마시가 밑바닥까지 떨어졌다며 자책한다. 무슨 말이냐고 묻는 토마시에게 그녀는 대답했다. 취리히에 있었다면 그는 의사를 직업으로 삼아 지금보다 훨씬 안정적인 삶을 살 수 있었을 것이라고. 하지만 토마시는 자신은 지금 여기서 너무나 행복하다고 이야기했다. 테레자는 당신의 임무는 '수술하는 것'이라고 말한다. 그리고 토마시는 이렇게 대답했다.

"임무라니, 테레자. 그건 다 헛소리야. 내게 임무란 없어. 누구에게도 임무란 없어. 임무도 없고 자유롭다는 것을 깨닫고 나니 얼마나 홀가분한데."

임무. 우리에게 주어진 일이다. 우리 앞에 있는 그 일을 제대로 해야만 한다. 그렇지 않으면 때로는 우리의 생활에 문제가 생길 수도 있기 때문이다. 테레자는 토마시의 '임무'가 의사로서 환자들을 수술하는 것이라고 말했다. 하지만 토마시는 그 누구에게도 '임무'라는 것은 없다고 이야기했다. 본질적으로 우리는 자유로운 존재로 살아 있고, 누군가의 강요에 의해서, 혹은 타인의 기준에 얽매어서 하루하루를 살아갈 필요가 없다.

누군가는 자신에게 부여된 임무에서 삶의 의미를 찾을 수 있을 것이다. 이 일은 내가 제일 잘하는 것이고, 이 일을 통해서 나는 돈을 벌고, 내 삶의 보람을 느낄 수 있다고 말이다.

〈참을 수 없는 존재의 가벼움〉을 읽을 때 장 대리의 머릿속에는 어느 철학자의 말이 계속 맴돌았다. 프랑스의 장 폴 사르트르. "인간은 세상에 툭 내던져진 존재다." 그의 말대로 우리는 태어날 때 아무런 목적이 없이 세상에 '툭'하고 던져진 채로 태어난다. 태어날 때부터 그 자신의 삶의 모습이 결정되어 있는 사람은 없다. 사람마다 차이는 있지만 살면서 '나는 왜 태어났지?', '나는 왜 살고 있지?', '나는 어떻게 살아야 할까?'라는 의문과 고민에 마주치게 된다.

장 폴 사르트르의 말처럼 인간이 세상에 툭 던져진 존재라면, 삶의 의미를 부여받지 못했기 때문에 사람들이 자신의 존재 의미를 찾기 위해서 노력하는 것일 것이라고 생각한다. 결국 우리의 삶이 때때로 무겁게 느껴지는 것은 인간이라는 존재가 타고난 숙명일 수도 있을 것이다.

토마시가 이야기한 '임무'에서 우리가 세상에 태어난 이유를 찾을 수도 있을 것이다. 하지만 인생은 생각보다 길고 자신이 하고 있는, 혹은 해야만 하는 그 '임무'를 죽을 때까지 하며 살아가진 않는다. '임무'에 얽매인 채 스스로의 어깨를 짓누르기보다, 혹은 '존재 의미'를 찾는 데 너무 애쓰는 것보다, 조금 더 가볍게 세상을 바라보고 살아가는 게 더 좋지 않을까 하고 장 대리는 생각했다.

06

타인과 더불어 살아가기 위해 필요한 것 :: 공자 〈논어〉

일요일 오후, 장 대리는 식당을 찾았다. 유명한 김밥전문점이었는데, 메뉴판에는 수없이 많은 음식이 적혀 있었다. 뭘 먹을까 고민하다가 김밥과 라면을 주문했다. 그리고 주변을 둘러보니, 식당 안에는 자신만이 아니라 여러 사람들이 있었다. 특이한 점이 한 가지 있었다. 총 여덟 테이블 중에 사람이 있었는데, 한 테이블에 커플 한 쌍이 앉아 있는 것을 제외하면 모두 혼자서 앉아 있었다. 장 대리도 그들과 마찬가지로 혼자였다.

최근 1인 가구의 증가에 따라서 혼밥, 혼술, 혼영 등의 단어를 어렵지 않게 접할 수 있다. 장 대리도 이미 익숙해져 있었다. 혼자서 밥을 먹고, 혼자서 술을 마시고, 혼자서 영화를 보러 갔다. 처음에는 타인의 시선에 신경을 썼지만, 점차 무감각해져 갔다.

문득 이런 질문이 생각났다. '세상을 평생 혼자서 살 수 있을까?' 미래의 일에 대해 확신을 갖고 대답할 수 없었다. 그에 대한 장 대리의 대답은 '아니다.'였다.

세상은 혼자 살아갈 수 없다. 우리는 절대 우리가 속한 사회를 떠나서는 살 수 없다. 좋든 싫든 그 '사회' 속에서 누군가와 만나면서 관계를 맺으면서 살아가야만 한다. 그런데 그 '관계'라는 게 참 어렵다. 인간은 이성적이기도 하면서 감정적이기도 하다. 그리고 이해가 되기도 하면서 이해가 되지 않는 부분도 많다.

다른 사람과 함께 더불어 살아가기 위해서는 무엇보다 좋은 관계를 형성하는 것이 중요하다. 그렇다면 어떻게 해야 할 것인가. 그에 대한 해답이 공자가 쓴 〈논어〉에 들어 있다.

예수, 붓다, 소크라테스와 함께 공자는 세계 4대 성인으로 꼽히는 인물이다. '성인'이라는 칭호에서 공자의 모습을 그린 그림을 바라보면 아우라가 퍼져 나와서 저절로 고개가 숙여질 것만 같다.

하지만 공자의 삶은 화려하지 않았다. 공자는 중국의 혼란기라고 할 수 있는 춘추시대에 태어났다. 가난한 집에서 태어나서 먹고살기 위해서 여러 가지 일을 해야만 했다. 그 와중에도 학문에 뜻을 두고 배움을 멈추지 않았다.

공자는 자신이 배웠던 지식과 깨달음을 혼란스러운 세상을 위해서 쓰고자 했다. 그의 나이 오십이 되던 해에 자신의 뜻을 공유하고 함께 좋은 세상을 만들어 줄 주군을 찾아서 떠난다. 하지만 뜻을 이룰 수는 없었고, 13년의 방황의 끝에 자신의 조국인 노나라로 돌아온다. 자신이 이루고자 하는 바를 이해해 주는 사람도 있었고, 문전박대하는 사람도 있었다. 하지만 공자도 거친 운명을 거스를 수는 없었다. 그는 결국 고국인 노나라로 돌아왔다.

〈논어〉에서 공자가 중요하게 생각하는 개념이 하나 있는데, 그것이 바로 '인(仁)'이다. '어질다.'는 뜻으로 학창 시절 암기했었는데, 공자가 말한 '어질다.'는 말의 의미는 무엇일까? 공자는 어째서 〈논어〉에서 이 개념이 왜 그렇게 중요하다고 얘기했던 것일까?

〈논어〉 팔일(八佾) 편에 이런 문구가 있다.

> 임방이 예의 근본을 여쭙자 공자께서 말씀하셨다. "대단한 질문이로다! 예는 사치스럽기보다는 차라리 검소한 것이 낫고, 상례는 형식을 갖추기보다는 오히려 슬퍼하는 것이 낫다."

어떤 사람에 대해 예를 표할 때, 화려하게 무엇인가를 보여주기보다는 검소한 것이 낫고, 상 앞에서는 형식을 갖추는 것보다 슬퍼하는 것이 더 낫다는 뜻이다. 여기서 중요한 것은 바로 마음가짐. 아무리 형식을 갖추며 표현을 해도 의미가 없는 것이다. 진실한 마음가짐만큼 중요한 것은 없다.

공자는 이렇게 마음가짐을 매우 중요시한다. 그리고 공자가 중요하게 이야기했던 개념 중에는 '극기복례(克己復禮)'라는 말이 있다. 공자는 자기 자신을 이기고 예로 돌아감으로써 '인(仁)'을 실천할 수 있다고 말한다. 자기 자신을 이긴다는 것은 참 어려운 일이다. 사람들은 누구나 타인과의 경쟁에서 이기려 하지 자기 자신과 경쟁한다는 생각은 하지 않기 때문이다. 그리고 세상에는 우리의 의지를 시험하는 것들이 너무나 많다. 어지간한 마음가짐으로는 살아가기 힘든 세상이다.

〈논어〉 리인(里人) 편에 이런 구절이 나온다.

> 공자께서 말씀하셨다. "부유함과 귀함은 사람들이 바라는 것이지만, 정당한 방법으로 얻은 것이 아니라면 그것을 누려서는 안 된다. 가난함과 천함은 사람들이 싫어하는 것이지만 부당하게 그렇게 되었다 하더라도 억지로 벗어나려 해서는 안 된다. 군자가 인을 버리고 어찌 군자로서의 명성을 이루겠는가? 군자는 밥 먹는 순간에도 인을 어기지 말아야 하고, 아무리 급한 때라도 반드시 인에 근거해야 하고, 위태로운 순간일지라도 반드시 인에 근거해야 한다."

세상에는 그런 사람이 참 많다. 누가 보더라도 부정한 방법으로 얻은 것인데, 마치 당연하다는 듯이 얻은 것을 누리며 잘 먹고 잘 사는 사람 말이다. 예나 지금이나 그런 사람들은 도처에서 쉽게 볼 수 있다. 뉴스만 보더라도 그런 사람들을 수두룩하게 만날 수 있다. 아무리 조급한 상황에 닥쳐도 '인(仁)'에 바탕을 두고 행동해야 한다고 공자는 이야기한 것이었다. 하지만 분명 쉬운 일은 아닌 것 같다.

공자는 학이(學而) 편에서 또 이렇게 이야기했다.

공자께서는 말씀하셨다. "젊은이들은 집에 들어가서는 부모님께 효도하고 나가서는 어른들을 공경하며, 말과 행동을 삼가고 신의를 지키며, 널리 사람들을 사랑하되 어진 사람과 가까이 지내야 한다. 이렇게 행하고서 남은 힘이 있으면 그 힘으로 글을 배우는 것이다."

공자는 배움의 중요성을 강조하면서도 글을 읽는 것보다 우선시되어야 할 것이 있다고 이야기했다. 부모님께 효도하라, 어른들을 공경하라, 신의를 지키라, 어진 사람과 가까이 지내라. 글공부는 그다음이다. 공자는 그렇게 이야기했다.

〈논어〉는 그렇게 어려운 책은 아니었다. 주석들이 잘 나와 있어서 함께 읽다 보니 100%는 아니지만 문장 속 의미를 따라갈 수 있었다. 하지만 장 대리는 궁금했다. 공자가 말한 '인(仁)'이라는 것은 도대체 무엇을 말하는 것일까. 좋은 말인 것은 알 것 같고, 그렇게 하면 될 것 같은데, 공자가 이야기하는 '인'의 정확한 의미를 알 수 없었다.

겉으로 보여 주기 위해 노력하는 것은 '인'과 거리가 멀다고 장 대리는 생각했다. 마음가짐이 무엇보다 중요하며 어른들을 공경하고, 말과 행동을 조심해야 한다고 공자는 이야기했다. 글을 배우는 것은 해야 할 다른 일들을 마무리하고 난 뒤에 해도 된다고 했다. 이런 공자의 말에는 자기 자신만을 생각하기보다는 타인에 대한 따뜻한 마음이 들어 있다는 생각이 들었다.

그런데 그때, 장 대리는 어질 인(仁)이라는 한자가 두 개의 단어로 구성되어 있다는 사실을 발견했다. 사람 인(人)과 두 이(二). 아마도 공자는 인(仁)을 이야기하면서 타인을 공경하고 사랑하는 마음으로 아껴주기를 바랐던 것 같았다. 그런 마음가짐을 갖는다면, 각박한 이 세상에서 타인과 더불어 즐겁게 살아갈 수 있지 않을까. 그렇게 생각하며 장 대리는 〈논어〉를 덮었다.

07

세상을 있는 그대로 바라보기 위해서
:: 박지원 〈열하일기〉

다음은 조선 시대 후기를 살았던 어느 선비에 관한 내용이다.

그는 과거 시험에서 백지를 내고 나왔다. 그리고 이후 과거 시험을 보지 않았다.

젊은 시절 우울증으로 고생했다.

허례허식과 무능으로 가득 찬 양반들을 비판하는 글을 썼다.

그가 쓴 글에 열광하는 팬들도 있었지만, 문체를 어지럽힌다며 싫어한 사람도 있었다.

그는 누구일까? 바로 연암 박지원이다. 34살의 나이에 글을 읽는 선비에게는 필수 코스였던 과거 시험에서 백지를 내고 나온다. 누가 보더라도 평범하지 않다. 대신에 지배층이었던 양반을 비판하고 풍자하는 글을 많이 썼다. 그리고 그가 쓴 〈열하일기〉는 미완성인 상태의 초고가 선비들 사이에 돌아다니며 읽힐 정도로 인기가 있었다고 전해진다.

반면에 당시 왕이었던 정조는 박지원의 글을 싫어했다. 그것은 문체 때문이었는데, 문체란 글을 쓴 사람을 나타내는 특색, 쉽게 말하면 스타일이라고도 할 수 있다. 정조는 박지원의 글 속 문체가 양반답지 못하고 상스러우며 어지럽다고 비판했다.

〈열하일기〉에서 등장하는 '열하'는 당시 청나라 수도에서 북쪽에 위치한 지명 이름이다. 대륙의 여름은 우리나라의 여름보다 훨씬 무덥다. 그래서 청나라의 황제도 여름에 피서를 가곤 했는데, 그 장소가 바로 '열하'였다.

사실 처음부터 '열하'를 찾아간 것은 아니었다. 청나라의 수도인 북경을 찾아갔는데, 황제는 열하로 피서를 갔던 것. 그래서 박지원의 목적지는 열하로 변경되었다. 이 책은 압록강을 건너는 장면을 그린 '도강록'부터 시작하여 열하에서 연경(북경의 옛 이름)으로 돌아오는 '환연도중록'에서 마무리된다. 6월 24일부터 8월 20일까지의 기록이다. 박지원은 대부분의 기록을 길에서 말을 타고 가면서 적었다고 한다. 긴 여정 속의 길 위에서 그는 어떤 세상을 만났을까.

박명원(박지원의 삼종형)이 이끄는 사행단에 박지원이 포함된 것은 21

세기를 살아가는 우리들에게 너무나도 잘 된 일이라고 장 대리는 생각했다. 우리는 당시 중국의 생생한 모습을 박지원을 통해서 알 수 있게 되었다. 가는 도중 일어났던 일들을 글로 남겨 준 것 역시 좋은 일이지만, 박지원이었기에 사대부적인 가치관에 빠지지 않고 진짜 청나라의 모습을 보여줄 수 있었기 때문이다.

〈열하일기〉에는 이런 대목이 나온다.

> 우리나라 양반들은 나면서부터 존귀한 체하는 태도가 심해, 중국 사람을 보면 만주족이건 한족이건 구분하지 않고 싸잡아 '되놈'이라고 부르며 깔본다. 거만한 체하는 것이 몸에 굳어져, 그것이 아예 습속이 되어 버린 지 오래다. 그러니 마음을 터놓고 대할 리야 더더욱 없는 법이다. 설혹 인사를 시켜 준다 해도 개나 소처럼 푸대접할 것이 틀림없다. 어디 그뿐이랴. 쓸데없는 일을 벌였다고 한소리 들을 게 뻔했다.

청나라 사람 중에 일흔 살까지 황제를 보좌하다가 은퇴한 윤가전이라는 사람을 알게 되었다. 그가 갑자기 박지원과 함께 열하까지 온 박명원을 만나볼 수 있냐고 물어보았던 것이었다. 하지만 박지원은 그렇게 소개해 줄 수 있는 위치가 아니었고, 당시 대부분의 많은 사람들이 밤낮으로 길을 걸어서 열하까지 온 지 얼마 되지 않아 모두 잠들어 있을 때였다. 그러면서 조선 시대 양반에 대한 이야기를 위와 같이 한 것이다.

당시의 사람들은 청나라 사람들을 그들만의 색안경을 끼고 봤다. 박지원은 윤가전이라는 분이 조선에서 같이 온 사람들 때문에 어떤 상처를 받을 수도 있지 않을까 하고 걱정했던 것이다. 누군가에게서 소개를 받는다면 서로 간의 예의를 지켜야 하지만, 중국 사람을 모두 '되놈'이라고 생각하고 있다면 큰 문제가 발생할 가능성이 있다.

중국 사람들에 대해서 쓰고 있던 색안경은 결국 조선 사람들이 그들을 제대로 바라보지 못하게 만든다. '되놈'들의 것이 양반들에게는 어떤 큰 의미가 있을 수 있을까.

박지원은 〈열하일기〉에서 청나라를 통해 많은 것을 배워야 한다고 주장한다. 그리고 배움에서 그치는 것이 아니라 실생활에 도움이 될 수 있도록 이용하여 백성들이 보다 더 편리한 삶을 살게끔 해줘야 한다고 주장했다. 다시 책 속의 내용을 들춰보자.

> 중국의 제일 장관은 저 기와 조각에 있고, 저 똥 덩어리에 있다. 대체로 깨진 기와 조각은 천하에 쓸모없는 물건이다. 그러나 민가에서 담을 쌓을 때 어깨 높이 위쪽으로는 깨진 기와 조각을 둘씩 짝을 지어 물결무늬를 만들거나, 혹은 네 조각을 모아 쇠사슬 모양을 만들거나, 또는 네 조각을 등지게 하여 노나라 엽전 모양처럼 만든다. 그러면 구멍이 찬란하게 뚫리어 안팎이 서로 비추게 된다. 깨진 기와 조각도 알뜰하게 써먹었기 때문에 천하의 무늬를 여기에 다 새길 수 있었던 것이다. (중략)

똥오줌은 아주 더러운 물건이다. 그러나 거름으로 쓸 때는 금덩어리라도 되는 양 아까워한다. 한 덩어리도 길바닥에 흘리지 않을뿐더러, 말똥을 모으기 위해 삼태기를 받쳐 들고 말 꼬리를 따라다니기도 한다. 똥을 모아서는 네모반듯하게 쌓거나, 혹은 팔각 혹은 육각으로 또는 누각 모양으로 쌓아 올린다. 똥 덩어리를 처리하는 방식만 보아도 천하의 제도가 이에 다 갖춰졌음을 알 수 있겠다.

여행을 가면 누구나 멋진 장면을 보기를 원한다. 광대한 벌판, 멋지게 지어진 성, 시장의 다채로운 풍경 등등. 우리의 시각, 청각, 후각, 미각, 촉각에 의해 머릿속에 저장된다. 그리고 여행지에서 돌아온 우리는 자신이 보고 느꼈던 장관들에 대해서 이야기한다. 그런데 그 이야기는 '아, 거기 괜찮아.', '가볼만한 곳이야.', '너도 꼭 가봐.', '멋있었어.'와 같은 수준에서 그친다. 왜 그럴까?

관심을 가지고 자세히 보지 않기 때문이다. 여행 중에 마주쳤던 감각들을 있는 그대로 받아들이고, 더 이상의 관심을 가지지 않기 때문이다. 그리고 조금 더 깊은 시각으로 바라보지 않기 때문이다. 그래서 그 속에 있는 진짜 의미를, 우리가 놓치지 않고 가져가야 할 중요한 것들을 잃어버린다.

우리의 감각 속에 새겨진 이미지들은 시간이 지나고 사라져 버린다. 하지만 우리가 여행지에서 사물을 관심을 가지고 바라보며 얻은 사유와 의미들을 누군가에게 전해준다면, 그것은 시간이 지나더라도 오랜 시간 동안 남아 있을 것이다. 〈열하일기〉에는 길 위에서 박지원이 보고 느끼고 사유했던 내용들, 중국인들과 나눴던 여러 필담들이 담겨져 있다. 박지원 특유의 재기 발랄하며 유쾌하고 통쾌한 문체로 서술되어 있어 재미있게 읽을 수도 있다.

장 대리는 문득 나태주 시인의 시가 한편 생각났다. "자세히 보아야 예쁘다 오래 보아야 사랑스럽다 너도 그렇다." 풀꽃이라는 제목을 가진 이 시는 짧지만 많은 것을 생각하게 해주는 시일 것이다. 어쩌면 나태주 시인이 말한 풀꽃은 연암 박지원이 이야기한 깨진 기와 자국과 똥 덩어리가 아닐까. 쓸모가 없고 초라해 보이는 것이라도 자신만의 의미를 가지고 있다. 그 의미는 다른 사람이 아닌 우리가 정하는 것이다.

주변을 어떻게 바라보느냐에 따라 우리의 세상도 달라진다. 그래서 우리는 여러 나라를 여행하면서, 혹은 삶을 살아가면서 좁은 시야로 보이는 것만 눈에 담을 것인가, 아니면 유심히 관찰하며 잘 보이지 않지만 중요한 것들을 마음에 새길 것인가. 그것은 우리 각자의 선택에 달려 있다.

세상은 우리가 볼 수 있는 것보다 더 많은 보물을 가지고 있다. 250여 년 전 박지원이 열하를 여행하며 쓴 글을 보면서 장 대리는 생각했다. 박지원처럼 열린 마음으로 세상을 바라봐야겠다고 말이다.

즐거운 고전읽기를 위한 TIP 3

고전을 읽고 난 후 리뷰를 작성해보자

고전을 읽은 후 느낌을 글로 적어보자. 자신의 생각이나 느낌을 정리하는 데 있어서 글로 표현해보는 것만큼 좋은 방법이 없다. 사람들은 다양한 방법을 이용해서 자신이 읽은 책에 대해서 리뷰를 남긴다. 책을 읽으며 어떤 느낌을 받았는지, 어떤 생각을 하게 되었고, 어떤 것이 궁금했는지 기록을 남길 수 있다.

리뷰에는 어떤 내용이 들어갈까? 자유롭게 적으면 된다. 저자가 책을 쓴 시대와 저자에 대한 이야기를 써도 좋고, 저자는 어떤 사람인지 가볍게 적어도 된다. 작품에 대한 전반적인 소개를 쓰고, 책을 읽으며 좋았던 구절이 있다면 옮겨 적어도 괜찮다. 그 밑에는 자신이 해당 구절을 읽고 느낀 바가 있다면 적어 둔다. 이 구절이 어떤 상황에서 나온 것인데, 어떤 점에서 인상 깊었는지를 정리해두는 것이다.

책을 읽으며 머릿속에 떠올랐던 질문이 있다면 리뷰에도 함께 적어주자. 어째서 그 질문이 생각났는지, 그리고 그 질문에 대해서 스스로 대답을 해보는 것도 좋다. 책을 읽으면서 어떤 생각을 했는지 잘 모르겠다면, 앞으로는 책 속에 있는 여백에 질문을 적어두는 것도 좋은 방법이다.

자신에게 맞는 방법을 이용하여 글을 쓰면 된다. 독서노트를 만들어 활용할 수도 있고, SNS를 활용할 수도 있다. 독서노트에다가 직접 글로 써 본 후에 블로그나 페이스북, 인스타그램에 리뷰를 적는 것도 좋은 방법이다. 요즘은 인스타그램에 #북스타그램, #책스타그램 과 같은 해시태그를 이용하여 리뷰를 올리는 사람들을 많이 볼 수 있다. 가볍게 자신이 읽은 책의 표지를 사진으로 올리고, 책을 읽은 소감을 쓰는 것이다. 책 속의 내용이 어려웠다면 리뷰에도 그렇게 적으면 된다.

생각은 기록해두지 않으면 어느 샌가 날아가 버린다. 고전을 분명 읽었는데, 머릿속에 남아 있는 것이 없다면 얼마나 허무할까? 글로 적어둔다면, 나중에 언제든 다시 볼 수 있고, 보다 선명하게 기억할 수 있다. 과거에 책을 읽었을 때, 내가 어떤 생각으로 읽었는지 확인해 볼 수 있어 큰 도움이 된다.

제 4 장

당신의 성장과 행복을 위한 인문고전 독서법

01

사람은 누구나 자신만의 관심사가 있다

고전은 어렵다. 뛰어난 사람들이 본인들의 생각을 정리한 책이기 때문이다. 뱁새가 황새를 따라가다 보면 가랑이가 찢어진다고 했던가. 그렇다고 언제까지 뱁새로 머물러 살 수 없다. 굳이 읽지 않아도 살 수는 있을 것 같지만, 주위에서 누군가 읽어야 한다고, 읽으면 좋다고 이야기한다. 그래서 한번 읽어보고 싶은데, 어떻게 시작할지 모르겠다. 이럴 때 좋은 방법은 자신의 관심사에서부터 시작하는 것이다.

장 대리도 그랬다. 그는 고대 로마의 역사에 관심을 가지고 있었다. 그래서 그랬을까. 그가 처음으로 읽기 시작한 고전 중 하나가 바로 마르쿠스 아우렐리우스의 〈명상록〉이다. 마르쿠스 아우렐리우스는 고대 로마의 황제였다. '5현제 시대'라고 불리는 로마의 전성기가 있는

데, 마지막 다섯 번째 황제가 마르쿠스 아우렐리우스다.

〈명상록〉. 책 제목이 세 단어로 되어 있지만 왠지 무게감이 느껴진다. 저자는 마르쿠스 아우렐리우스. 아는 사람은 알지만 모르는 사람은 모르는 이름이다. 표지를 넘겨보니 로마의 황제였다고 한다. 고대 로마 역사도 잘 모르는데, 그 '황제'가 쓴 '명상록'이라니. 어려워 보인다.

하지만 고대 로마의 역사에 관심을 가지고 있는 사람이라면 다를 것이다. 한 번쯤 다시 읽어볼 마음이 생길 것이다. 고대 로마 역사에서 '5현제'라고 불릴 만큼 훌륭한 황제였다고 하는데, 저 사람은 어떤 생각을 하면서 살았을까. 어떤 자세로 제국을 통치했던 것일까. 이런 궁금증들이 생긴다. 관심에서부터 시작해서 궁금증이 하나둘씩 생겨난다. 그리고 그때부터 한 장씩 넘겨보며 읽으면 된다.

누군가는 이렇게 이야기할 수도 있다. "나는 바빠서 그런 역사나 철학 따위에 관심을 둘 시간이 없어."라고 말이다. 옳은 말이다. 하루하루 먹고사는 것, 생존 그 자체부터 과제이다. 당장 오늘 그리고 내일을 살아내기에도 벅차다.

하지만 잠깐 회사 생활을 한번 떠올려보자. 같이 일하는 '부장'이라는 사람은 일거리를 잔뜩 받아왔고, 친절하게 그 일들을 나눠준다. 지금 일도 벅찬데, 일이 줄어들면 좋겠지만 그런 일은 없는 것 같다. 게다가 어째서 좋은 말로 해도 될 것을, 꼭 쌍시옷 발음 들어간 말을 섞어가며 하는 이유를 모르겠다.

나의 회사 생활을 힘들게 하는 그 양반이 너무나 밉다. 도대체 왜 그러는 것인가. 모든 것이 스트레스다. 그냥 다 잊고 텔레비전을 보기로 한다. 멍하니 텔레비전을 보고 있는데, 출연진들이 회사, 조직, 목적, 리더십과 같은 이야기를 나누고 있다. 어떤 조직의 리더라면 목표를 달성하기 위해서 남들이 보기에 나쁜 일이라도 할 수 있어야 한다고 말한다. 뭔가 공감은 안 가는데 불편하다. 뭘까? 이 불편함은. 몇 시간 전 나에게 한소리를 했던 부장이 생각난다.

그리고 텔레비전 속의 그들이 책 한 권을 이야기한다. 마키아벨리의 〈군주론〉. 채널을 돌리려고 했는데, 생각해 보니 어디선가 들었던 책 제목이다. 그러고 보니 왠지 내가 처한 상황이 책과 관련 있는 것 같다. 책 내용에 관심이 생기기 시작한다.

'고전'이라고 하면 많은 사람들이 자신과 거리가 먼 책일 것이라고 생각하겠지만, 사실 그렇지 않다. 고전 속 여러 텍스트들은 우리들의 삶에 대한 내용들을 담고 있다. 세상 사람들의 다양한 관심사만큼 고전들이 다루고 있는 범위도 다양하다. 책을 썼던 사람들도 우리와 마찬가지로 일을 하고 돈을 벌어야 했어야 했다. 사람마다 정도의 차이는 있겠지만 살아가기 위해서 누군가의 밑에서 일을 했을 것이다. 이것은 지금 우리의 모습과도 별 차이는 없지 않은가. 그들의 관심분야들은 시대와 시대를 지나서 우리에게도 이어져 있음을 알아야 한다.

관심 분야의 고전부터 읽는 것에 두 가지 장점이 있다. 첫 번째는 관심 분야이기에 책 속의 내용에 대해서 보다 잘 수용할 수가 있다. 관심이 있다는 것은 그 책에 대해서, 그 책 속 내용에 대해서, 혹은 그 책을 쓴 저자에 대해서 알고 싶은 잠재적인 욕구가 있다는 것이다.

관심 분야의 고전을 읽으면 그런 욕구를 충족시켜준다. 한 글자씩 읽어갈수록 그 분야에 대한 지식이 쌓인다. 책을 통해 얻은 그 지식은 당장 필요가 없을지도 모른다. 하지만 어찌 되었든 자신이 알고 싶었던 것에 대한 욕구는 해결이 된다.

그리고 자신이 알고 싶어 했던 분야의 책이라면 다소 느리긴 하더라도 결국에는 끝까지 다 읽어낼 수 있다. 관심사부터 시작하는 고전 읽기는 고전이 주는 무거움을 이겨낼 수 있는 무기가 된다.

두 번째는 전문적인 지식을 축적할 수 있다는 점이다. 자신의 관련 분야 혹은 관심 분야라면 이미 어느 정도의, 아니 아주 조금이라도 지식을 가지고 있을 것이다. 해당 분야의 책을 읽음으로써 그 지식이 더욱 깊이를 가지게 될 것이다. 책 한 권을 읽는다고 해서 대학교수와 같이 해당 분야의 권위자가 될 수는 없을 것이다. 하지만 책을 읽고 지식을 가지게 된다면 관련 질문이나 물음에 대답을 할 수 있다. 그리고 누군가와 대화를 할 수도 있을 것이다.

사람은 모두 자신만의 관심사를 가지고 있다. 현대 사회에서 사람들의 관심사는 매우 다양하다. 물론 그 관심사에 대해서 적은 고전이 있을 것이라는 보장은 없다. 그렇지만, 자신의 관심사, 혹은 조금이라도 관련이 있는 분야의 책을 선택해서 읽는다면, 고전 읽기를 보다 쉽게 시작할 수 있다.

물론 자신의 관심사에서부터 시작한 독서이지만 책의 내용이 이해가 되지 않을 때가 있다. 아르투어 쇼펜하우어의 책을 예로 들 수 있다. 그가 쓴 〈의지와 표상으로서의 세계〉는 어려운 책이다. 프리드리히 니체가 그의 책을 읽고 많은 영향을 받았다고 한다. 니체를 좋아하는 사람이라면 관심이 생길지도 모르지만 책은 무척 어렵다. 니체의 책 보다 더 두껍고 난해하다.

그런 책을 만난다고 해서 좌절하지는 말았으면 한다. 정말 이해가 안 된다면 잠시 접어둬도 된다. 책꽂이에 꽂아두었다가 나중에 읽어도 된다.

고전과 우리 사이를 가로막고 있는 장막을 걷어내야 한다. 고전이 어려운 책이기 때문에 나는 읽지 않는다는 생각을 걷어 냈으면 한다.

창문을 열고 밖을 바라보듯이 관심을 갖고 고전 속의 세계를 바라보며 우리가 사는 세상을 새롭게 바라볼 수 있었으면 좋겠다.

관심사에서부터 시작해서 우선 관련 분야의 지식을 더 쌓아 보자. 전문가가 되지는 않더라도 그 분야에 대해서 자신만의 의견을 표현할 수 있는 사람이 될 수 있었으면 한다. 이를 통해 고전이라는 바닷속으로 한 걸음씩 들어가 보는 것이다.

민물장어는 알을 낳기 위해 넓고 깊은 바다로 헤엄쳐 들어간다고 한다. 그 속에서 장어는 드넓은 바다 세계와 마주하게 된다. 우리도 그 장어들처럼 고전을 통해 넓고 깊은 세상을 만날 수 있을 것이라고 생각한다.

02

누구에게나 처음에는 시간이 필요하다

사람들은 고전을 읽기 어려워한다. 그런데 다행인 것은 우리들에게만 고전이 어려운 것은 아니라는 점이다. 모두 다 고전이 어렵다. 역사상 뛰어난 업적을 남긴 '천재'들도 그랬다.

세종대왕이 읽었던 책 중에 <성리대전>이라는 책이 있다. 명나라 3대 황제였던 영락제 때 편찬된 책이다. 4년 뒤에 조선으로 전래되었다고 한다. 조선왕조실록에 이런 내용이 있다. 세종이 경연에서 집현전 응교(왕명을 대신 적거나, 역사 편찬을 담당하는 직책)였던 김돈에게 이렇게 말했다.

"성리대전이 지금 인쇄되어서 내가 한 번 읽어 봤는데, 이해하기가 매우 어렵다. 그대는 꼼꼼하고 성실한 사람이니 마음을 다해서 읽어 보도록 하라."

〈성리대전〉이라는 책은 세종에게도 마찬가지로 어려운 책이었다. 그는 신하들과 경연하는 자리에서 그 책이 매우 이해하기 어렵다고 이야기했다. 세종대왕도 어려워했던 책인데, 다른 사람들에게는 얼마나 어려울 것인가.

세종대왕뿐만 아니다. 동양과 서양을 막론하고 자신이 접했던 인문고전을 쉽게 읽을 수 있었던 사람은 많지 않다. 아무리 그 사람이 천재라 할지라도 말이다. 퇴계 이황, 뉴턴, 간디, 존 스튜어트 밀, 담헌 홍대용과 같은 사람들에게도 인문고전은 어려웠다.

우리에게 인문고전이 어려운 것은 당연한 것이다. 위에서 이야기한 사람들도 인문고전 독서가 쉽지 않았는데 우리라고 해서 쉬울 수가 있으랴. 그래서 그냥 인정했으면 한다. 나에게도 어렵게 느껴지는 것은 당연한 것이라고 말이다. 어쩔 수 없는 것이라고 말이다.

그럼에도 불구하고 어쩔 수 없다고 해서 포기할 수는 없다. 사나이가 칼을 꺼냈으면 배추라도 썰어야 하지 않은가. 장 대리는 책을 읽기 시작했다. 하지만 분명히 두 눈을 뜨고 한 글자씩 읽고 있었는데, 어느 순간 눈은 감겨 있었고 몸은 축 늘어져 있었다. 마치 무거운 고전에 의해서 눌려진 것처럼.

'아아, 이래서는 안 돼. 읽어야 해.'

다시 책을 손에 쥐고 눈을 떴다. 분명히 책 속의 텍스트는 내가 읽을 수 있는 한글로 적혀 있는데, 어째서 왜 이렇게 무슨 말인지 알 수가 없는 것일까. 이 책의 말들은 외계어를 한글로 풀어쓰기라도 한 말인 건가. 당최 이해할 수가 없다. 결국 책을 덮는다.

책을 읽어 본 사람이라면 대부분 위와 같은 경험이 있을 것이다. 특히 고전이라면 더욱 그럴 수 있다. 고전을 읽을 때 이런 마음가짐을 가졌으면 한다. 고전이 어려운 것은 당연한 거라고. 앞에서 언급했던 큰 업적을 남긴 '천재'들도 어려워하는 고전인데, 내가 그 책을 읽으면서 어려워하는 것은 어쩌면 당연한 것인지도 모른다고 말이다.

'천재들도 어려워했던 책이었구나. 그럼 한 글자 한 글자씩 천천히 읽어보자.'는 마음가짐을 가질 필요가 있다. 빠르게 읽으려 하기보다는 그 속의 의미를 생각해보면서 읽으려고 노력해야 한다. 천천히, 그리고 또 천천히.

고전을 읽을 때 아주 높은 벽을 마주했다는 느낌을 받을 때가 있다. 왜 그런 것일까? 단지 그 책을 쓴 사람이 역사적으로 매우 유명하고 뛰어난 인물이어서만은 아니다. 어려운 이유는 따로 있다.

그것은 책을 쓴 시대와 책 속의 시대가 지금 내가 살고 있는 시대와 다르기 때문이다. 낯선 곳에 가서 살게 되었을 때, 우리는 주변 환경에 적응을 해야 한다. 밖에 나갔다가 집으로 돌아오려면 어떻게 해야 하고, 집 주변에 이용할 수 있는 슈퍼마켓은 있는지, 가끔 동사무소나 우체국 등을 이용해야 할 텐데 그것들은 어디에 있는지, 맛도 괜찮고 양도 많이 나오는 식당은 어디에 있는지 이런 사항들을 파악해야 한다. 파악하고 살아가다 보면 이 동네에 적응이 되기 시작하고 정이 조금 들기도 한다. 이를 위해 필요한 것은 시간이다.

고전 읽기도 마찬가지다. 시간이 필요하다. 우리가 사는 일상과 책 속에 나오는 시대적 배경이나 작가가 처했던 시대는 매우 다르다. 처음 고전 속의 세계와 마주쳤을 때, 어색하고 적응이 안 되는 것은 그 때문인 것이다. 그래서 책 속의 내용도 이해가 안 되고, 읽기가 어렵고 곧 책을 덮게 된다.

하지만 고전 속의 세계에 적응하려는 노력이 필요하다. 다소 이해가 안 되더라도 한 글자 한 글자씩 읽어 내는 인내심이 필요하다. 조금씩 읽다 보면 조금씩 이해가 되고 무슨 말을 하는 것인지 머릿속에 들어오기 시작한다.

예를 들어 〈구운몽〉이라는 소설을 살펴보자. 소설을 처음에 읽다 보면 문체가 잘 적응이 되지 않는다. 한자로 적힌 것을 번역하면서 당대의 느낌을 살리려고 노력한 흔적인 것 같다. 평소에 잘 접하지 못했던 어미들이 보인다. 어떠하뇨, 못하였나이다, 알리로다, 돌아가니라, 하니뇨 등등. 우리 일상 속에서는 거의 쓰지 않던 말들이 나와 어색하다.

게다가 배경은 중국이다. 우리나라의 지역도 어디가 어디인지 잘 모르는데, 익숙지 않은 중국의 지명이 나온다. 중국에 오래전부터 유명했던 다섯 개의 산이 있었다고 한다. 그 산들을 '오악(五岳)'이라고 부르는데, 그 산들의 이름을 이야기해 주면서 소설이 시작된다. 어릴 적 삼국지에서 봤었던 '서촉'이라는 지명도 등장하고, '낙양'이라는 지명도 등장한다. 이렇게 차차 작품 속의 배경에 적응을 한다.

그리고 소설 속의 인물들도 등장한다. '성진'이라는 중이 한 명 등장한다. 일상생활 속에서 많이 들어 본 이름이라 왠지 친근감이 든다. 그런데 '성진'은 소설 속에서 헛된 욕망 때문에 벌을 받아서 인간 세계로 환승하게 된다. '양소유'라는 이름으로 말이다. 그가 인간 세계에서 부귀영화를 누리는 내용이 소설의 많은 부분을 차지한다.

책을 읽다 보면 그런 때가 온다. 책 속의 내용을 모두 이해할 수는 없지만 조금씩 이해가 되고 이야기의 맥락이 머릿속에 그려질 때 말이다. 어느 순간부터는 그런 느낌이 들 수 있다. 그때부터 고전 속에서 이야기하는 세계가 이해되기 시작한다. 그리고 책을 읽으며 재미를 느끼기도 한다.

그래서 그럴 때가 올 때까지 책을 덮지 않았으면 좋겠다. 잠시 쉬었다가 읽을 수 있다. 하지만 한번 읽기 시작한 고전을 쉽게 포기하진 않았으면 한다. 다소 힘들더라도, 약간 버겁더라도 인내심을 가지고 읽는다면, 어느 순간 책 속의 내용이 이해가 되기 시작할 것이다.

비록 100% 이해를 다 하지 못하더라도, 괜찮다. 누구에게나 고전은 어렵다. 그것이 정상이다. 이해가 되지 않아 답답하더라도 괜찮다. 세종대왕도 고전을 읽을 때 어려움을 느꼈다는데 우리에게 쉽게 읽힐 리가 없다. 그래서 시간과 인내심이 필요하다.

장 대리는 다시 책을 펼쳤다. 어렵지만 그래도 한번 읽어 보리라. 얼마나 이해할 수 있을지는 모르지만 읽어보겠다고 다짐했다. 그리고 한 글자, 한 단어, 한 문장, 한 단락씩 읽어 내려갔다. 며칠 뒤 장 대리는 그 책 속에 푹 빠져서 회사에 가는 버스 안에서도, 회사의 화장실 안에서도, 점심식사를 마친 뒤에도 그 책을 읽고 있었다. 어느덧 그의 머릿속에서는 책의 주인공 및 등장인물과 작가, 그리고 장 대리가 대화를 나누고 있었다.

03

다른 생각, 다른 관점, 다른 해석

책을 읽다 보면 한 번쯤 생각해보게 된다. '작가는 나에게 무슨 말을 하고 싶은 것일까.' 무슨 할 말이 그렇게 많아서, 이렇게 책을 통해 우리에게 말을 걸어오는 것인가. 궁금하다. 잘 이해가 안 되기도 하고, 한편으로는 지루하기도 하고, 따분할 때도 있는데, 작가는 어째서 우리에게 고통을 안겨 주는 것인가.

그렇게 작가의 의도를 생각하며 책을 읽다 보면, 희미한 생각 하나가 머릿속을 치고 갈 때가 종종 있게 마련이다. '아, 그런 건가?' 본인 스스로 뭔가 대단한 발상을 했다는 생각이 든다. 한편, 이렇게 의구심이 들기도 한다. '에이, 설마 그럴까?'

그런 의구심이 왜 드는 것일까? 우리가 생각하고 있는 것이 옳은 것인지 확신하지 못하기 때문이다. 이 작품은 유명하지만 처음 읽는 책이다. 이 책에 대해 누군가 얘기하는 것을 들었는데, 엄청 재미있고 흥미진진하며, 작품 속 등장인물이 너무나 멋있다고 한다. 왠지 나의 해석은 틀린 것처럼 느껴지게 된다.

이 세상에는 완전히 똑같은 사람은 없다. 아무리 생김새가 비슷한 사람이라도, 분명 다른 사람이다. 그동안 살아온 궤적이 비슷한 사람이라도, 분명 다른 사람이다. 현재 이 세상 어디에도 똑같은 사람은 없다. 사람은 누구나 자신이 느끼고 생각하는 바에 따라 살아가기 때문이다. 그에 따라서 각자 개개인이 느끼고 생각하는 것도 다를 것이며, 삶에서 중요하게 생각하는 요소도 다르다.

모든 사람이 각자 개개인으로서 다른 사람이기 때문에 책을 읽은 후의 해석도 다를 수밖에 없다. 관심사가 어떤 것이냐, 삶에서 중요하게 생각하는 것은 무엇이냐, 어떤 활동을 좋아하느냐. 이런 기준들에 의해서 고전에 대한 해석도 달라질 수밖에 없다.

그래서 자신의 해석에 대해서 의구심을 가질 필요가 없다. 해석은 틀린 것이 아니라 다를 뿐이다. 이해가 안 되는 부분이 있으면 다시 읽으면 된다.

장 대리는 오랜만에 독서 모임에 나갔다. 그가 참석한 모임은 자유 독서 모임으로, 자신이 자유롭게 선택해서 읽을 책을 회원들에게 이야기해주는 자리였다. 장 대리가 이야기해주려고 준비한 책은 마르쿠스 아우렐리우스의 〈명상록〉이었다. 그는 책 속에서 읽었던 이런 구절을 소개해 주었다.

> 바닷가 절벽을 닮자. 바닷가 절벽은 파도가 끊임없이 밀려와 부딪치고 부서져도 전혀 동요하지 않는다. 성난 바다가 잠잠해질 때까지 꿋꿋이 그 자리에 서 있다.

그 구절을 듣고 있던 어느 회원은 책 속에 그렇게 좋은 구절이 있었냐며 놀라워했다. 본인은 도서관에서 빌려서 봤는데, 읽는 도중에 포기했다고 들었다. 재미가 없어서 읽을 수 없었다고 했다.

사실 지루한 면이 있기는 했다. 〈명상록〉은 말 그대로 '명상의 기록'이다. 마르쿠스 아우렐리우스 황제가 자신의 내면과 오랜 시간 대화하면서 생각하고 느꼈던 것들을 적은 글이다. 〈명상록〉의 원래 제목은 라틴어로 〈Ta eis heauton〉이었다고 한다. 우리말로 '자기 자신에게'라는 뜻이다.

전쟁터에서 적힌 책이기 때문에 관련된 기록도 있지 않을까 하면서 책을 읽어 보지만 그런 내용도 없다. 11개의 장으로 되어 있지만 특별한 스토리가 있는 것도 아니다. 자기 자신 내면과의 대화가 나온다. 그래서 지루해서 중간에 책을 덮었다는 어느 회원의 이야기에 고개를 끄덕였다. 장 대리는 이야기했다.

"〈명상록〉을 읽으면서 제일 좋았던 것은 우리의 삶에 대한 성찰이 있는 글들을 읽을 수 있었다는 점인데요. 다른 분들은 어떨지 모르지만 저는 가끔 이런 생각이 들 때가 있거든요. '나 왜 이렇게 힘들지?',

'아 여기서 벗어나고만 싶은데', '나 왜 여기서 이러고 있지?' 이럴 때 보통 시련에 처했다고들 합니다. 똑같은 일을 겪었는데 어떤 사람은 한없이 망가지는 한편, 다른 사람은 평소와 다름없을 때가 있습니다. 마르쿠스 아우렐리우스는 큰 시련이 오더라도 나쁜 일이라고 받아들이지 말라고 하더라고요. 자신이 나쁜 일이라고 판단하지 않는다면 평소와 같이 흔들림 없이 시간을 보낼 수 있을 거라고. 똑같은 일이라 하더라도 어떻게 받아들이느냐가 중요하고, 우리 삶을 좋은 방향으로 이끌어 가기 위해서는 우리가 처한 상황을 긍정적인 쪽으로 받아들이는 것이 중요하다는 생각이 들었습니다."

세상에는 많은 작가가 있고, 많은 글이 있다. 그와 동시에 많은 독자들도 있다. 세상의 수많은 작가와 독자들. 그들 중에 똑같은 사람은 한 명도 없다. 그래서 같은 책을 읽고도 다른 해석이 나올 수 있다. 같은 책을 읽더라도 어떤 이는 '지루해'할 것이고, 다른 이에게는 '인생 책'이 될 수도 있다. 이것은 책을 읽으며 생각하는 바도 다르고, 느끼는 바도 다르기 때문이다. 그것은 어쩔 수 없다. 본질적으로 다른 사람이 읽었기에 해석도 다를 수밖에 없다.

그런데 많은 사람들은 해석이 다를 수 있다는 것을 모르고, 내 해석이 틀린 것은 아닐까 하고 의심해 본다. 다른 사람들은 어떻게 생각할까. 책을 많이 써서 매우 똑똑해 보이는 저 작가는 어떻게 생각할까. 한번 검색도 해 본다.

고전에는 우리 삶의 진리가 녹여져 있다. 너무 잘 녹여져 있어서 때론 텍스트의 바닷속을 헤매는 느낌도 들지만, 고전을 읽다 보면 한 번쯤 삶에 대해서 생각해 보게 해 준다. 삶에 정답이 없듯이 고전에 대한 해석에도 정답은 없다.

책 속의 내용을 이해하는 정도는 사람마다 분명히 다르다. 내용을 100% 이해하는 것은 중요한 것이 아니라는 것을 알아야 한다. 고전을 읽으면서 생각을 하고 자신만의 해석을 내려 보는 것이 중요하다.

고전 속에는 우리의 삶을 돌아보게 해주는 글로 가득하다. 이를 통해서 우리의 삶을 다시 한번 생각해 볼 수 있다. 그것이 중요한 것이지, 어떤 해석이 맞고 틀리고는 중요한 것이 아니다.

우리는 주변의 타인들과 다른 생각을 하며 살아간다. 이 세상 누군가와 완전히 똑같은 생각을 하기는 불가능하다. 생각이 다르기 때문에 다른 관점으로 읽은 글을 바라보게 될 것이다. 그래서 똑같은 책을 읽더라도 사람마다 해석이 각각 다를 수밖에 없다.

혹시라도 다른 사람들 앞에서 자신이 읽었던 고전에 대해서 말할 기회가 생겼을 때 두려워 하지 말았으면 한다. 그저 자신이 읽으며 생각하고 느꼈던 바를 자신감을 갖고 얘기했으면 좋겠다. 앞에서 〈명상록〉을 읽은 느낌을 자신감 있게 이야기했던 장 대리처럼 말이다.

04

완독, 그 후가 더 중요하다

책의 마지막 페이지를 넘겼다. '다 읽었다.'라는 뿌듯함이 밀려들어 온다. 장 대리는 마지막 페이지까지 다 읽고 나서 벽면에 있는 책꽂이에 책을 꽂아두었다. 가끔 책꽂이를 볼 때 그 책은 아주 멋지게 꽂혀 있었는데, 그때마다 기분이 좋았다.

한 달쯤 지났을까. 장 대리는 SNS상에 다른 사람들이 올린 사진과 글들을 보고 있었다. 예전에는 귀여운 고양이 사진을 보면서 '좋아요'를 누르곤 했다. 하지만 요즘에는 다른 사람들이 올린 책 사진과 리뷰를 본다. 검지를 화면에 대고 화면을 스크롤하던 장 대리는 낯익은 표지와 제목을 보고 있었다. 언젠가 한번 봤었던 것 같은데 기억이 나지 않았다. 궁금했지만 답을 알 수가 없었다.

그리고 몇 시간 뒤였다. 책꽂이에 있는 책들을 정리하고 있었는데,

휴대전화 화면 속에서 봤던 책의 제목을 발견할 수 있었다. 그제야 장 대리는 알게 되었다. SNS의 사진을 통해 알게 된 책과 지금 책꽂이에서 발견한 책이 같은 책이라는 것을 말이다. 게다가 장 대리가 한 달 전에 다 읽은 '그' 책이었다.

인간의 기억은 무한하지 않다. 두뇌의 용량이 늘어나더라도 그것은 마찬가지일 것이다. 그래서 머릿속에 기억해둔 것은 점점 잊혀져 간다. 책을 읽는 것, 그 자체도 중요하지만 책을 읽고 나서 무엇을 하는가도 무척 중요하다. 그렇지 않다면 얼마 후 그 책을 읽었는지 조차 잘 기억하지 못할 수도 있다.

책을 읽고 난 후에는 무엇을 해야 할까? 가장 좋은 것은 '다시 읽기'이다. 힘들게 읽은 책이라도 다시 펼쳐봐야 한다. 다시 읽기를 누구보다 열심히 많이 한 사람이 있으니, 바로 세종대왕이다. 세종대왕의 독서법은 바로 '백독백습(百讀百習)'이다. 백번 읽고 백번 쓴다는 뜻이다. 한 권의 책을 백번이나 읽다니. 대단하다는 생각이 들고, 너무 무리하는 것 아닌가하는 생각도 든다.

'백독백습'의 진짜 뜻은 맹목적으로 백번을 읽으라는 것이 아니다. 한 권을 읽더라도 그 안의 내용을 숙지하지 못하면 안 읽은 것과 똑같다는 것을 강조하는 말이 '백독백습'인 것이다. 문장 안에 있는 진짜 뜻을 이해해야만 책을 읽은 것이라고 '백독백습'은 이야기하고 있다.

'백독백습'보다 더 쉬워 보이는 다시 읽기 방법도 있다. 바로 '독서삼독(讀書三讀)'이다. 단순하게 생각하면 백번 읽는 것보다 세 번 읽는 것이 훨씬 쉬워 보이긴 한다. 여기서 '삼독(三讀)'이란 세 번을 읽으라는 뜻은 맞다.

하지만 '삼독'이 이야기해 주고 있는 것은 다음과 같다. 첫째로는 텍스트를 읽고, 둘째로는 글을 쓴 저자를 읽고, 셋째 자기 자신을 읽어야 한다고 말이다. 텍스트를 이해하고 난 뒤에는 책을 쓴 저자가 어떤 사람인지 알고 이해해야 한다. 책 속에는 책을 쓴 사람이 겪었던 경험들이 드러나게 마련이고, 이를 통해 그 책의 시대를 알 수 있게 된다. 그리고 책을, 자신을 읽어야 한다. 책 속의 텍스트를 자기 자신이 처한 상황에 비춰 생각해볼 수 있어야 하는 것이다. 고(故) 신영복 선생님은 시화집 〈처음처럼〉에서 이런 '삼독'만이 진정한 독서라고 이야기했다.

'백독백습', '삼독' 모두 좋은 방법인 것 같다. 하지만 뭔가 다른 방법은 없는 것일까. 실질적인 방법이 있었으면 했다. 장 대리가 바로 실천으로 옮길 수 있는 방법이 필요했다.

아침 일찍 출근하는 장 대리는 버스를 타고 책을 펼쳤다. 페이지를 넘기려고 할 때였다. 휴대전화의 진동이 울렸다. 그가 즐겨보던 SNS인데 내용이 좋아서 알람 설정을 해 두었던 것이다. 순간 장 대리의 머릿속에 섬뜩한 빛 하나가 스쳐 지나갔다.

'아, 맞다. SNS! 내가 왜 그 생각을 못했을까?'

고전도 다른 책과 마찬가지다. 분명히 읽었던 책이다. 그럼에도 불구하고 기억이 나지 않는 것은 우리 머릿속에 지우개가 있어서가 아니라 시간이 지나면 자연스럽게 없어지는 기억의 속성 때문이다. 학교 다닐 때 많이 들어 본 적이 있지 않은가. 예습보다 복습이 더욱 중요하다고.

대부분의 사람들이 학교 다닐 때 복습을 하면서 교과서 속의 모든 내용을 보지는 않았을 것이다. 수업 시간 때 담당 선생님이 중요하다고 얘기해 주고, 필기했던 내용 위주로 복습을 했다. 고전 읽기에도 그렇게 대입해 볼 수 있다. 책을 읽다 보면 인상적인 부분이나 이해가 잘 안 되는 부분, 왠지 모르게 암기를 해 두고 싶은 구절이 있게 마련이다. 그럴 때 표시를 해 둔다. 학교 다닐 때 빨간색 볼펜이나 형광펜으로 표시를 하는 것처럼 말이다. 그게 아니라면 해당 부분을 접어둬도 좋다.

책을 처음부터 끝까지 다 읽은 후에, 책을 다시 펼쳐서 한 장씩 넘기다 보면 그런 부분들을 만날 수 있다. 완독을 했다면, 처음부터 끝까지 다시 읽기보다는 자신이 직접 표시했던 부분들을 천천히 읽어보자. 다시 읽어도 인상적인 부분이 있고, 작가의 통찰에 소름이 돋는 구절도 있을 것이다. 처음 읽을 때에는 이해가 되지 않아 접어뒀는데, 다시 한 번 읽고 나서는 맥락을 이해하게 될 수도 있다.

그리고 그렇게 다시 한 번 읽고 난 뒤에는 기록을 남겨둘 필요가 있다. 노트 한 권을 마련하여 좋은 구절을 필사하는 방법도 있다. 길고 긴 구절을 쓰다 보면 왠지 모르게 손이 아플 것 같다. 그럴 때에 우리는 다른 도구를 사용할 수 있다.

노트북을 활용하여 기록을 남겨둘 수 있다. 문서 작성 프로그램을 이용하여 해당 구절을 옮겨 적는다. 그리고 단순히 옮겨 적는 것에 그치지 않고 그 구절에 대한 자신의 생각, 느낌도 함께 적는다. 그런데 노트북이 요즘 아무리 가벼워졌다고 하더라도 항상 가지고 다닐 수는 없지 않은가.

하루 종일 우리의 손에 붙어 있는 핸드폰을 이용하여 기록하여 남길 수가 있다. 핸드폰 속에 기본적으로 내장되어 있는 메모 애플리케이션을 이용하면 좋다. 그리고 한 글자씩 옮겨 적지 못할 때에는 휴대전화의 카메라를 이용하여 사진으로 찍어둔다.

많은 사람들이 핸드폰으로 자신의 사진을 찍고 맛있는 음식 사진을 찍고 멋진 풍경 사진을 찍곤 한다. 이 카메라의 렌즈의 방향을 자신이 읽었던 책으로 돌려보자. 자신이 좋은 구절이라고 생각했던 그 구절들을 사진으로 남기는 것이다. 책 속의 구절, 혹은 문단을 똑같이 쓰기에도 손이 아프다면 이 방법도 나쁘지 않다.

깊은 인상을 줬던 구절을 공책에, 노트북에, 휴대전화에 정리해 두는 것은 무척 좋다. 하지만 거기에서 그쳐서는 안 된다. 다시 읽어 보며 해당 구절에 대한 자신만의 생각과 느낌을 정리해 두는 것이 중요하다. 우리는 기억을 잘하기 위해서 기록을 남기는 것이 아니다. 기록을 남기는 행위 그 자체가 메인이 되지 않도록 명심하자. 고전을 읽으며 했던 생각과 느꼈던 감정을 정리해 두는 것이 중요한 것이다. 자기 자신의 생각을 정리하고 기록해 두는 것은 고전을 읽는 것을 넘어서 우리가 더욱 깊게 사유할 수 있도록 도와줄 것이다.

05

책 속의 책을 읽어라

세상에는 책이 정말 많다. 책이 많은 이유 중 하나는 자신이 하고 싶은 이야기를 책으로 펴내고 싶은 사람이 많아서일 것이다. 최근에는 책을 쓰는 법을 알려주는 강의도 많이 열리고 있는데, 사람들이 책 쓰기 수업에 대한 관심이 매우 높은 것 같다. 책 쓰는 방법을 알려주는 책도 많이 출간되고 있다.

책 쓰기 관련 도서에 보면 책을 집필할 때 유용한 기법 중 하나로 '인용'이라는 것을 소개해준다. '인용(引用)'은 사전적으로 이런 의미를 가지고 있다. '남의 말이나 글을 자신의 말이나 글 속에 끌어 쓰는 것'. 책을 쓸 때 남이 썼던 글을 가져와서 자신의 이야기와 주장을 뒷받침할 때 주로 쓰는 것을 '인용'이라고 한다. 그리고 보통 이렇게 남이 썼던 구절을 가지고 올 때에는 저자와 책 제목을 함께 소개해 주는 경우가 많다.

한 권의 책을 읽으면서 다른 저자가 쓴 책에서 나왔던 구절도 알 수 있게 되는 것이다. 더 깊은 독서를 하고 싶다면 우리는 책 속의 책을 읽어볼 필요가 있다. 이를 고전 읽기에도 적용해 볼 수가 있음은 물론이다.

장 대리는 유시민 작가가 지은 〈청춘의 독서〉를 읽은 적이 있다. 치열하게 살았던 젊은 시절에 읽었던 책들을 시간이 지난 후 다시 읽어본 후의 느낌과 생각을 소개해주는 책이었다.

처음 그 책을 접할 때에는 '독후감을 모아 놓아도 책이 되는 건가?'라는 의문도 들었다. 하지만 〈청춘의 독서〉는 단순한 독후감 모음집이 아니었다. 좋은 책을 소개해 주는 것에만 그치지 않았다. 책 속에서 저자는 14권의 책들이 자신의 삶의 궤적에 어떤 영향을 주었는지 알려주고 있다. 그리고 우리가 잊지 말아야 하고 되새겨 가며 생각해 볼 점은 무엇인지를 이야기해주고 있다.

〈청춘의 독서〉에서 소개해 준 책 중에서 장 대리가 읽고 싶었던 책이 한 권 있었으니 바로 〈맹자〉였다. 공자 왈, 맹자 왈. 공자와 맹자를 생각하면 유학이 떠올랐고, 지루하고 고리타분한 이미지가 머리를 스쳐 지나갔다. 하지만 유시민 작가가 책에서 소개해준 〈맹자〉 속의 이 구절은 매우 인상 깊었다.

내가 남을 사랑해도 남이 나를 가까이하지 않으면 인자한 마음(仁)

이 넉넉했는지 되돌아보고, 내가 남을 다스려도 다스려지지 않으면 지식과 지혜(智)가 부족하지 않았는지 되돌아보고, 예로 사람을 대해도 나에게 답례를 하지 않으면 공경하는 마음(敬)이 충분했는지 살펴보아야 한다. 어떤 일을 하고도 성과를 얻지 못하면 자기 자신에게서 그 원인을 찾아야 한다. 자신이 바르다면 온 천하 사람이 다 내게로 귀의할 것이다.

장 대리는 그 책에서 소개된 〈맹자〉 속의 여러 구절을 읽으며 직접 읽어봐야겠다고 다짐했다. 이렇게 장 대리와 같이 책 속에서 소개된 책을 읽을 때 세 가지 장점이 있다.

첫째, 다른 고전들에 비해 거부감이 덜하다. 이미 다른 책 속에서 그 고전 내용의 일부를 접했기 때문이다. 물론 깊은 물속에 발을 살짝 담근 것에 불과할 수도 있을 것이다. 하지만, 다른 고전에 비해 첫 장을 보다 쉽게 펼칠 수가 있다.

둘째, 어떤 책인지 파악한 후 고전을 읽기 시작할 수 있다. 고전이 읽기 어려운 것은 우리와 작가 사이의 시공간 차이 때문이다. 고전을 쓴 사람과 우리 사이의 거리는 무척 멀다. 지금 우리가 쓰고 있는 말과 당시의 사람들이 썼던 말도 다르고, 생활 속의 모습들도 다르고, 생각하는 것도 다르다. 고전을 쓴 저자가 경험하고 느낀 것과 우리가 보고 듣고 만지면서 경험했던 것도 다르다.

책 속에서 해당 고전에 대해서 소개해 준 글에서는 고전을 집필한 사람이 살았던 시대 환경부터 시작하여, 그의 삶을 조명해 준다. 세상의 다른 책과 마찬가지로 고전을 읽기 위해서는 당사의 사람과 세계를 읽어야 한다. 배경지식의 습득은 해당 고전을 예전보다 잘 이해할 수 있도록 도와준다.

셋째, 다양한 고전을 접할 수 있게 된다. 자신이 가지고 있는 관심사부터 고전 읽기를 시작할 수 있지만, 그 관심사만 파고들기에는 좋은 고전이 너무나 많다. 고대 그리스와 로마에 대한 관심이 있어서 플루타르코스의 〈플루타르코스 영웅전〉을 읽고, 율리우스 카이사르의 〈갈리아 전쟁기〉를 읽고, 마키아벨리의 〈로마사 논고〉까지 읽었다면, 그 주변으로 주위를 둘러봐도 좋다.

한 우물을 파는 것도 좋지만, 한 우물만 집중해서 파다 보면 자신이 그 우물 속에 갇히게 된다. 주위를 둘러보면서 세상을 보는 다른 어떤 관점이 있고, 삶을 살아가는 다른 방식이 있음을 알아야 한다. 그러면 우리가 살고 있는 세상을 보다 잘 이해할 수가 있다. 그리고 살아가는데도 힘이 된다.

책 속에서 다른 책들을 소개해 주는 글을 읽다 보면 관심과 흥미가 생기고, 궁금한 점이 들 때가 있을 것이다. 바로 그때다. 서점으로 달려가서 소개받은 책을 사야 할 때다. 자신이 좋아하는 것에만 푸욱 빠져 살기보다는 때로는 누군가가 소개해 준 책에 왠지 모를 끌림을 느낄 때 다른 분야의 고전도 한번 읽어봐야 한다. 책 속의 책을 읽는다는 것은 그렇게 도움이 된다.

책이 책을 낳는다는 말이 있다. 100%는 아닐지라도 고전에도 그 말을 적용해 볼 수 있다. 고전을 읽은 사람들이 고전을 다시 만들어 낸다. 고대사에 대한 저서를 읽은 마키아벨리가 〈군주론〉, 〈로마사 논고〉를 적었고, 〈플루타르코스 영웅전〉을 즐겨 읽었던 셰익스피어는 〈줄리어스 시저〉를 비롯한 많은 희곡을 남겼다. 어떤 책은 또 다른 책을 만들어 내는 영감이 원천이 된다. 고전도 마찬가지로 또 다른 고전을 만들어 내는 힘을 가지고 있다.

고전은 오랜 시간의 무게를 견뎌서 살아남았다. 지금도 많은 사람들이 고전을 읽으며 그 속에서 영감을 얻고 있다. 그뿐만 아니라 성장을 위한 자양분으로 삼고 있기도 하다. 유시민 작가는 〈청춘의 독서〉에서 14권의 고전을 소개해 주었고, 채사장 작가는 〈열한 계단〉을 통해서 자신이 성장하는 데 큰 도움을 줬던 고전 11권에 대해서 이야기했다.

독서는 지극히 개인적인 활동이다. 그리고 유명한 작가가 읽었다고 해서 책 속에서 소개해준 책들을 한 권씩 다 읽어볼 필요는 없다. 그들이 읽은 책을 우리가 똑같이 다 읽는다고 해서 우리가 그들처럼 유명한 작가가 될 수 있는 것도 아니다. 하지만 그들이 쓴 책을 읽고 나서 흥미와 관심이 가는 책이 있다면 용기를 내서 한 번쯤 읽어봤으면 한다. 비록 많은 사람들이 어려워하고, 읽기 힘든 책이라 하더라도 용기를 가지고 읽기 시작해 봤으면 좋겠다.

여기서 잠깐 주의할 점이 한 가지 있다. 자신이 읽었던 책에서 읽은 고전에 대한 해석에 너무 집착하지 말 것. 책 읽기는 개인적인 사유 활동이고, 텍스트에 대한 해석도 제각각이다. 고전 속 텍스트에 대한 해석은 온전히 당신의 몫임을 기억했으면 한다.

06

필사는 당신의 생각을 풍성하게 한다

독서를 하는 방법은 매우 다양하다. 그래서 그런지 독서를 하는 방법에 대해서 알려주는 책들도 많이 나온다. 어떤 이들은 하루에 한 권씩 책을 읽기도 한다. 하루에 한 권이면 한 달에 서른 권으로 엄청난 독서량이다. 어떻게 하면 그렇게 읽을 수 있을까.

장 대리도 궁금했다. 책을 어떻게 읽어야 할지. 책을 많이 읽으면 될 것 같다는 생각에 '독서법'에 대한 책도 읽어봤다. 우리가 일상생활 중 사용할 수 있는 시간은 정해져 있다. 그리고 그와 같이 하루 중 많은 시간을 직장에서 보내는 사람들에게는 효율적인 독서가 필요하다고 보았다.

장 대리가 관심을 가지고 찾아봤던 책에서 나온 독서법은 "빨리 읽고 핵심을 뽑아내서 자신에게 적용할 노하우를 배우는 독서법"이었다. 그 독서법에 따르면 카메라로 사진을 찍듯이 순식간에 한 페이지 전체를 보고 넘긴다고 한다. 글자를 읽기보다는 글자의 이미지를 머리에 남긴다는 것이다. 그렇게 글자를 인식한 후에는 핵심 내용을 위주로 반복 읽기를 한다. 핵심을 먼저 읽고 그 주변 부분을 읽는 것이다. 마지막에는 자신의 지식으로 소화하기 위해서 관련 책 내용에 대해 질문을 한다.

책을 읽기보다는 책에 대한 이미지를 머릿속에 저장하고 핵심 내용을 추리는 것이다. 제대로 익힌다면 빠르게 읽을 수 있을 것 같았다. 하지만 과연 그 방법으로 인문고전을 읽어도 될까 하는 의문도 들었다. 그동안의 경험상 고전은 빨리 읽기 힘든 책이었다.

고전 속 텍스트에는 깊은 의미가 숨겨져 있다. 그 의미는 쉽게 캡처해낼 수가 없다. 글자와 글자 사이에, 문장과 문장 사이에, 문단과 문단 사이에, 보이지 않는 곳에 의미가 숨겨져 있다. 단순히 텍스트만 읽어서는 작가가 이야기하고자 하는 바를 알 수가 없다.

그래서 우리는 여백을 봐야만 한다. 텍스트에서 잠시 눈을 떼고 글자, 문장, 문단 사이의 여백을 바라볼 때 비로소 그 의미가 보이곤 한다. 하얀 여백의 공간을 바라보며 생각하고 또 생각할 때 숨겨진 의미를 볼 수 있는 것이다. 고전 읽기에 시간이 걸리는 것은 그 여백도 같이 읽을 필요가 있기 때문이다.

고전과 매우 잘 어울리는 독서법이 한 가지 있다. 바로 필사(筆寫),

베껴 쓰기이다. 앞에서 이야기한 빨리 책 읽는 방법에 비해서 단순하다. 고전 한 권을 펴고 첫 번째 글자부터 마지막 글자까지 베껴서 쓰면 되기 때문이다. 책 한 권을 읽기에도 버거운데 책 한 권을 똑같이 베껴서 쓰라니 갈수록 태산이다.

책 한 권을 필사하기 위해서는 오랜 시간 동안 앉아 있어야 할 것이다. 엉덩이에 땀이 차서 축축해진다거나 허리에 무리가 올 것이다. 그리고 오랜 시간 동안 손에 펜을 쥐고 있어야 할 것이다. 컴퓨터 자판이나 핸드폰 액정에 익숙해져 있는 손에 무리가 가고 통증이 올 것이 분명하다.

이런 걱정들이 생길 수도 있다. 하지만 필사는 빠르게 읽기 위한 독서법이 아니다. 천천히 적어도 된다. 한 문장 쓰고 잠시 일어나서 허리 한 번 폈다가 다시 앉아서 해도 된다. 그리고 손에 무리가 갈 만큼 빠른 속도로 적을 필요도 없다. 그저 한 글자씩 천천히 적어도 무방하다.

당연히 책을 한 권을 필사하는 데에는 많은 시간이 걸릴 것이다. 조바심 내지 말고 하루에 조금씩 노트에 적어 간다고 생각하면 된다. 하루에 30분에서 1시간 정도의 시간을 내서 자신이 할 수 있을 만큼 적으면 되는 것이다.

필사의 장점에는 크게 두 가지가 있다. 첫 번째는 책 속의 내용을 더 깊게 이해할 수 있다는 점이다. 일반적인 독서에서 그냥 한 번 읽고 지나갈 문구를 필사할 때에는 세 번 읽게 된다. 책을 처음 읽으면서 한 번, 베껴 쓰면서 한 번, 필사한 내용을 읽어보면서 한 번, 이렇게 총 세 번이다. 책 속의 내용을 곱씹어 읽으면서 작가가 왜 이런 표현을 썼는지 생각해 볼 수 있게 된다. 책에서 이야기하고자 하는 바가 무엇이고, 이를 통해 전달해 주고 싶은 가치가 무엇인지 생각해 볼 수 있다.

게다가 한 구절을 읽고 자신의 경험과 상황에 비춰 생각해 보면서 남들과 다른 해석을 할 수도 있다. 필사를 통해서 남들이 전혀 해 보지 못했던 생각을 해 볼 수도 있는 것이다. 멋있지 않은가.

두 번째 장점은 맞춤법을 익힐 수 있다는 점이다. 요즘 사람들은 글을 읽기는 해도 잘 쓰지는 않는다. 그래서 글을 한번 써놓고 다시 읽어보면 아리송한 부분들을 많이 찾을 수 있다. '우리 나라'가 맞는 것인지, '우리나라'가 맞는 것인지 헷갈린다. 그리고 '먹었는 데'와 '먹었는데' 둘 중 어느 게 옳은 것인지 알 수가 없다.

필사를 하다 보면 이를 몸으로 익힐 수 있게 된다. 책 속에 나오는 수많은 문장들을 하나씩 따라 적어보고, 내가 적은 것과 원문을 비교해 보면 습관적으로 자주 틀리게 적는 부분들을 알 수 있다. 그런 부분들은 다음에 적을 때 의식을 하고 주의를 기울이게 된다. 그리고 시간이 쌓이고 베껴 적은 문장이 늘어날수록 그런 실수들은 줄어들게 될 것이다. 결국 나중에는 아주 자연스럽고 맞춤법이 정확한 문장을 쓸 수 있게 된다.

그때, 한 아이가 다가와 미소 지으면, 그 아이가 황금빛 머리카락을 흩날리고 있다면, 그리고 당신이 묻는 말에 대답하지 않는다면, 누군지 짐작할 수 있으리라.

그러면 내게 친절을 베풀어 내가 마냥 슬퍼하고 있지 않도록 한 통의 편지를 보내 주길 부탁한다.

그가 다시 돌아왔노라고…….

장 대리는 생텍쥐페리의 〈어린 왕자〉 속 마지막 부분을 필사하고 나서 조용히 책을 덮었다. 10개월여의 시간 동안 어린 왕자와 함께했다. 매일 꾸준하게 필사를 하지는 못 했다. 그래도 그는 포기하지 않고 시간을 내서 필사를 했다.

처음으로 필사에 도전했던 책이었다. 다른 고전에 비해서 쉬울 것이라고 생각했지만, 그렇지 않았다. 퇴근 후 책상에 앉았지만, 그의 눈을 짓누르는 눈꺼풀과 필사적인 싸움을 벌여야 할 때도 많았다.

그래도 한 권을 마무리하고 나니 다른 책을 필사해 봐야겠다는 마음이 생겼다. 그리고 다짐했다. 사정이 생겨서 필사를 꾸준히 하지 못하는 상황이 오더라도 절대 포기하지는 않겠다고. 얼마의 시간이 걸리더라도 그 책 한 권을 처음부터 마지막까지 필사할 것이라고.

필사는 시간이 오래 걸리는 독서법이다. 속도를 내서 베껴 쓰면 두 달에서 석 달, 여유를 가지고 쓰면 1년 이상 걸릴 수도 있다. 책 한 권을 읽는 데 일주일 정도 걸린다고 했을 때, 필사는 몇 배가 넘는 시간을 필요로 한다. 살아가면서 책 한 권에 그만한 노력과 시간을 투자해 본 적이 있는가. 그렇지 않다면 한 번쯤 고전 한 권 필사하기에 도전해 보는 것은 어떨까. 장 대리가 가졌던 마음가짐을 갖고서 말이다.

장 대리는 다른 책을 펼쳤다. 옆에 노트도 펼쳤다. 책의 한 문장을 읽었다. 노트에 그 문장을 따라 적었다. 제대로 적었는지 확인하며 다시 읽었다. 그리고 계속 반복했다. 그 책의 제목은 마르쿠스 아우렐리우스의 〈명상록〉이었다.

07

다양한 고전을 통해 시각을 넓히자

사람이 성장하기 위해서 필요한 것은 무엇일까? 다양한 경험이 있어야 한다. 이런 방식은 통하고 다른 방식은 통하지 않는다는 성공과 실패의 경험은 모두 중요하다. 두 경험 사이에서 느낄 수 있는 것들이 다르고, 성공했을 때와 실패했을 때 해야 할 일이 다르다. 이런 경험들이 쌓이고 나면, 그 자신은 인지하지 못하더라도 그는 한 단계씩 성장하게 된다.

고전은 우리에게 생각의 깊이를 더 해주는 책이다. 책을 읽다 보면, 우리는 과거에 실제로 존재했던 어느 천재의 생각과 마주치게 된다. 우리가 해 보지 못했던 생각을 가진 천재와 대화하며 우리의 생각도 깊어진다. 깊이 있는 생각, 다시 말하면 사색은 우리를 한 단계 성장시켜주는 힘이 되기도 한다.

하지만 생각의 깊이만큼 생각의 너비도 중요하다. 다양한 관점으로 볼 수 있어야 한다는 말이다. 예를 들어 설명해 보자.

"예, 알겠습니다. 충성!"

군대 시절, 장 대리는 땅을 파라는 선임병의 지시를 받은 적이 있다. 둘레가 4미터인 정사각형 모양으로 약 5센티미터 깊이로 파야 했다. 조금 시간이 걸리긴 했지만, 어렵지 않게 할 수 있었다.

그런데 선임병이 오더니 똑같은 둘레로 깊이가 2미터가 될 수 있게 파야 된다고 한다. 힘차게 대답은 했지만 쉽지 않다. 들어가서 흙을 파내다 보면 어느 순간 나올 수 없는 지경에 이르기도 한다. 2미터를 보다 쉽게 파기 위해서는 더 넓게 파야 한다. 주변 둘레가 4미터가 아니라 그 이상으로 해서 말이다.

깊이를 얻기 위해서는 때로는 너비가 더 필요한 것이다. 둘은 따로 떨어져 있는 것이 아니라 서로 관련이 있다. 충분한 너비가 갖추어질 때, 더 깊이 팔 수 있다.

장 대리는 어느 책에서 부록으로 실려 있는 고전 목록을 보면서 뭘 읽으면 좋을까 고민했다. 무척 다양한 고전이 있음을 다시 한번 실감했다. 한편으로는 궁금했다. 굳이 다양하게 이런 고전들을 다 읽어야 할지 말이다. 내가 관심 있는 것만, 나에게 필요한 것만 골라서 읽으면 되는 것 아닐까 하는 생각도 들었다.

만약 장 대리가 조선 시대에 태어난 선비였다면 어땠을까. 그때는 서양의 문물이 들어오기 전이었고, 지식과 정보의 유통 속도가 빠르지 않았다. 게다가 당시의 사람들에게 고전이라고 하면 대부분 유학의 경전이 대부분이었을 것이다.

하지만 장 대리와 함께 우리는 21세기를 살아가고 있다. 지금은 조선 시대와는 비교할 수도 없을 정도로 많은 것이 변했다. 먼 곳에서 각자 떨어져 살아가던 사람들은 서로 영향을 주고받으며 살아가게 되었다. 조선 시대에는 상상할 수도 없었던 고대 그리스 로마 시대의 고전을 찾아볼 수 있는 시대이다. 중국 고전도 마찬가지다. 조선 시대 사람이었다면 한자를 모르기 때문에 논어, 맹자, 대학, 중용과 같은 사서를 읽지 못했을 수도 있다. 하지만 지금은 서점에서 한글로 번역된 책을 만날 수 있다.

그리고 동양과 서양의 고전과는 별개로 '우리' 고전도 있다. 역사 교과서에도 이름이 나오는 김부식의 〈삼국사기〉가 있고, 승려 일연의 〈삼국유사〉도 있다. 남북국시대 당시 뛰어난 학자였던 최치원이 쓴 〈새벽에 홀로 깨어〉도 있다. 조선 시대에는 우리나라 최초의 소설로 알려진 김시습의 〈금오신화〉, 김만중이 홀로 계신 어머니를 위해 쓴 〈구운몽〉과 같은 좋은 작품이 있다. 이렇게 세월의 무게를 이겨낸 '우리' 고전도 무척 많다.

고전을 이렇게 지역적으로 구분할 수도 있지만, 다른 방식으로 구분을 해 볼 수도 있다. 인문학을 보통 '문사철'이라고 부른다. 문학,

역사, 철학을 통틀어서 하는 말이다. 그래서 고전의 범주도 세 가지로 나눠볼 수 있다.

윌리엄 셰익스피어의 〈베니스의 상인〉, 세르반테스의 〈돈키호테〉가 문학에 포함된다면, 에드워드 카의 〈역사란 무엇인가〉, 신채호의 〈조선상고사〉와 같은 책은 역사로 분류될 것이다. 그리고 철학에는 프리드리히 니체의 〈차라투스트라는 이렇게 말했다〉, 존 스튜어트 밀의 〈자유론〉이 들어갈 것이다.

고전을 지역적으로 '동양고전/서양고전/우리고전'으로 나눠보고, 범주적으로는 '문학/역사/철학'으로 나눠볼 수 있다. 하지만 이 역시도 사람마다 기준을 가지고 각자 다르게 구분을 해 볼 수 있다. 우리 고전을 동양고전과 같은 범주에 넣을 수 있다. 혹은 시대별로 구분을 해 볼 수도 있다. '고대/중세/르네상스/근대/현대' 이런 식으로 말이다.

문학도 한번 구분해 볼 수 있다. 시, 소설, 희곡과 같이 나눠볼 수 있다. 역사는 작가가 직접 자신이 본 것을 서술하는 것인지, 혹은 누군가가 기록한 것을 보고 다시 재해석한 것인지에 따라 나눠볼 수 있다. 철학의 경우도 마찬가지다. 고대 그리스/중세/르네상스/근대/현대로 분류할 수 있고, 혹은 '정치/경제/윤리'와 같이 다루고 있는 분야로 분류가 가능하다.

이런 식으로 분류하는 데 있어서 기준을 하나씩 추가해 나가다 보면 끝이 없다. 여기서 우리는 이것 하나만, 무엇보다 세상에 이렇게 다양한 고전이 있다는 것을 명심하고 넘어가도록 하자.

다양한 고전을 읽어 봤으면 좋겠다. 단 한 권의 책만 읽은 사람은 무섭다는 말이 있지 않은가. 본인이 읽은 책 속의 작가가 이야기한 내용만 알고, 그 내용이 마치 진리인 듯이 '내가 책에서 읽었는데, 그건 말이야.' 하면서 이야기할 것이기 때문이다.

허나 앞에서 이야기했듯이 이 세상에 책이 얼마나 많은가. 그 작가와 다른 생각을 지닌 사람이 쓴 책도 읽어보는 것은 어떨까? 한 권의 책만 읽으면 결국 하나의 생각에만 갇혀서 세상을 바라보게 된다. 마음을 열고, 다른 이의 주장이 담긴 책을 읽다 보면, '아!'와 같은 감탄사와 함께 '이렇게 생각해 볼 수도 있구나.' 하고 깨닫게 된다.

고전 읽기도 마찬가지다. 다양한 고전을 읽다 보면 그만큼 우리가 세상을 보는 프레임도 다양해진다. 그리고 다양한 저자의 생각을 수용 혹은 비판, 그리고 종합하게 되면서 어떤 문제를 대할 때 자기 자신만의 기준을 만들 수 있게 된다.

다양한 고전을 읽는 것이 고전 읽기를 즐겁게 만들어 주기도 한다. 세상에는 니체의 〈차라투스트라는 이렇게 말했다〉처럼 난해한 고전도 있는 반면, 박지원의 〈열하일기〉처럼 독자들을 유쾌하게 만드는 고전도 있다. 머리 쥐어짜면서 책을 읽기도 하지만, 누군가의 가이드를 받아 여행하는 것 같은 느낌으로 책을 읽을 수도 있다. 고전 읽기가 때때로 즐겁기도 하다는 생각이 들 것이다.

장 대리는 자신이 작성했었던 100권의 인문고전 리스트를 훑어보았다. 그는 인문고전을 읽기 시작한 지 얼마 안 되었고, 인문고전에 대해서 아직 잘 모른다. 하지만 왠지 이렇게 작성된 독서 목록들을 보니 마음이 든든했다. 어떤 책을 읽어야 할지 방황할 필요가 없기 때문이다.

장 대리는 인문고전 전문가가 아니다. 하지만 장 대리는 자신보다 앞서서 고전을 읽었던 '선배'들의 목록을 참조했다. 거기서 나오는 책이라면 자신도 한번 읽어볼 만한 '고전'으로 선택할 수 있을 것이라고 생각했다. 그리고 그 목록에는 다양한 고전이 포함되어 있었다.

동양 고전도 있었고, 서양 고전, 그리고 우리 고전도 있었다. 고전이 세상에 처음으로 나온 시점도 다양했다. 지금부터 2500년 전에 나온 책도 있었고, 비교적 최근인 1980년대에 나온 책도 있었다. 100권의 고전을 완독한 장 대리는 어떻게 세상을 바라보게 될까? 그의 미래가 문득 궁금해진다.

08

때로는 해설서가 도움이 된다

이해하기 어려운 책이 있다. 그런 책은 한 번 더 읽고, 그래도 어려우면 한 번 더 읽으면 된다. 하지만 그럼에도 불구하고 이해가 되지 않는 책도 있게 마련이다.

사실 고전을 즐겨 읽고 많이 읽는 사람들은 해설서를 보지 말라고 한다. 고전은 읽는 사람마다 해석이 달라지게 마련이고, 해설서는 자신만의 시각이나 관점을 갖는 것을 방해하기 때문이다. 하지만 그럼에도 불구하고 우리에게 해설서가 필요할 때가 있다.

지금까지 입이 마르고 닳도록 이야기했지만, 고전은 쉬운 책이 아니다. 물론 쉽게 읽히는 책도 있다. 하지만 그렇지 않은 책이 더 많이 있다. 분명히 읽었는데, 이해가 도저히 되지 않는다. 어느 시점의 역사를 서술한 책도 그렇고, 어느 유명한 작가의 소설도 마찬가지다. 그리고 어떤 철학자는 외계인만이 해독할 수 있을 것 같은 말들을 적었다.

때로는 고전에 대한 배경 지식이 필요할 때가 있다. 특히 철학의 경우가 그렇다. 철학자들은 자신이 생각하는 것을 개념화하여 이를 자신의 책 속에 사용하는 경우가 많다. 그런데 이를 이해하지 못하면 그 사람이 주장하고자 하는 바를 잘 이해하지 못하게 된다. 나중에는 철학의 '철' 자만 들어도 머리가 지끈거린다. 우선 철학과 나 사이의 거리를 좁힐 필요가 있다. 그래서 이럴 때 해설서가 필요한 것이다.

철학에 대해서는 여러 철학자들이 설명하는 철학적 개념, 혹은 관념들을 보다 알기 쉽게 풀어서 설명해 주고 있는 책이 많이 출간되어 있다. 〈철학이 이토록 도움이 될 줄이야〉라는 책이 있다. 철학자들의 이야기들은 마치 우리의 삶과 괴리되어 있는 것처럼 느껴질 때가 있다.

사실은 그렇지 않다. 철학자들도 우리와 같은 사람이고, 그들도 우리와 마찬가지로 먹고 자고 일하고 논다. 그들이 생각하는 것처럼 우리도 생각한다. 그리고 그들이 생각하는 문제는 곧 우리가 당면한 문제이기도 하다. 결국 철학은 우리 삶 속의 문제들을 해결할 수 있는 열쇠를 제공해 주기도 한다.

〈철학이 이토록 도움이 될 줄이야〉는 철학자의 사상이나 생각이 우리 삶 속의 여러 문제들에 어떻게 적용될 수 있는지를 이야기해 준다. 읽다 보면 '아, 철학과 우리의 삶이 이렇게 연결이 되는구나.'라는 생각을 하게 된다. 이로써 우리는 철학과 조금 더 가까워진다. 그리고 앞으로 철학 고전 중에 어렵다고 소문이 난 책에도 한번 도전해 볼 수 있게 용기를 우리에게 준다.

프리드리히 니체라는 철학자가 있다. 그의 책 〈차라투스트라는 이렇게 말했다〉를 읽다 보면, 알 수 없는 은유의 표현들이 쏟아져 나온다. 철학책을 읽는 것인지 시선집을 읽는 것인지 모르겠다. 장 대리도 그랬다. 게다가 책은 왜 이렇게 두꺼운 것인지. 이렇게 어려운 이야기를 적어도 되는 것인지. 내가 이해하지 못하는 것은 남도 이해하지 못할 거라고 자위해 본다.

그럼에도 불구하고 인터넷으로 검색해 보면 니체라는 철학자의 인기는 꽤 높은 것 같다. 인터넷상에서 니체의 사상과 철학이 좋다는 사람의 글을 보면서 장 대리는 어떤 점 때문에 그런 것일까 하고 생각해 보기도 했다.

그러던 어느 날, 친구 따라 우연히 어느 강연회를 가게 되었다. 강연자는 유명한 작가라고 했다. 팟캐스트를 운영하고 있고 그 팟캐스트는 누적 다운로드 횟수가 무려 1억을 넘었다고 한다. 팟캐스트가 무엇인지는 잘 모르겠지만 1억이라고 하니 무척 많은 것 같다. 그 작가는 몇 권의 책을 썼는데 다 합치면 100만 부가 넘게 팔렸다고 한다. 그때부터다. 이 사람 대단한 사람이구나라는 생각이 든 것은.

그 작가는 니체의 〈차라투스트라는 이렇게 말했다〉에서 나오는

'영원회귀'라는 개념을 소개해 주었다. 그의 설명에 따르면 우리가 죽은 뒤에 우리는 다시 우리가 살았던 삶으로 돌아온다는 것이었다. 죽고 나서 아예 없어지거나, 다시 환생하거나, 천국 혹은 지옥으로 가는 것이 아니다. 다시 자신이 살았던 삶으로 돌아간다는 것이다. 그리고 영원히 반복되고 영원히 돌아온다고 이야기했다. 우리는 지금 살고 있는 이 삶을 똑같이 영원히 반복해서 살아야 한다는 것이다.

그리고 그는 물었다. 지금 당신이 살고 있는 삶을 영원히 반복하며 살아야 한다고 했을 때, 영원히 반복될 지금 이 순간을 우리는 어떻게 살아야 할 것인지, 어떻게 받아들여야 할지 말이다.

무엇인가 뒤통수를 한 대 맞은 것 같은 느낌이었다. 니체가 마치 자신한테 '너 지금 행복하니?'라고 이야기하는 것 같았다.

몇 페이지 읽고 덮은 그 책을 다시 펴보고 싶은 마음이 한 구석에서 일어났다. 꼭 해설서가 아니어도 좋다. 장 대리처럼 강연을 들어도 좋고, 영상 매체를 봐도 괜찮다. 고전에 대한 관심과 흥미를 유지하고 동기를 유발할 수 있다면 해설서도 도움이 된다.

그리고 해설서의 또 다른 장점은 새로운 관점을 제시해 준다는 점이다. 이탈리아의 소설가 이탈로 칼비노는 자신만의 관점을 가지고 고전을 읽어야 한다고 이야기했다. 그렇게 사람마다 자신의 관점을 고수하며 고전을 읽다 보면, 사람마다 읽는 관점이 달라지게 마련이다. 같은 고전을 A라는 사람은 a'라는 관점으로 읽는다면, B는 b'라는 관점으로 읽는 것이다.

고전을 읽다 보면, 궁금할 때가 있다. 나는 이렇게 읽었는데, 다른 사람들은 어떻게 읽었을까 하고 말이다. 그리고 누군가가 자신이 읽은 고전에 대한 이야기를 책에 썼을 때, 궁금하기도 하다. 나는 이렇게 읽었는데, 그 작가는 어떻게 적었을지 궁금하다. 그리고 그 책을 읽다 보면 알게 된다. '아, 이 사람은 이런 관점으로 읽었구나.', '이렇게 생각해 볼 수도 있구나.'라는 생각이 들며 고전 읽기의 또 다른 재미를 느낄 수 있다.

사람마다 다른 관점으로 읽게 되는 이유는 본질적으로 그들이 다른 사람이기 때문이다. 그리고 그동안 살면서 겪은 경험과 머리에 축적된 지식이 다르기 때문이다. 한 기업을 운영하고 있는 사장이 마키아벨리의 〈군주론〉을 읽으면 어떻게 하면 직원들이 잘 따르게 할 수 있을지를 생각해 볼 수 있다. 반면에 오랫동안 정치 일선에서 일을 한 사람이 〈군주론〉을 읽으면, '이 책은 정치 교과서'라고 말할 것이다.

이렇게 다른 사람의 관점에서 적힌 글을 읽으며 생각해 보면, 우리의 관점도 다채로워진다. 이를 통해서 고전을 통해서 세상을 바라보는 우리의 프레임을 넓힐 수가 있다. 하나의 사물을 볼 때에도 다양한 관점으로 바라볼 수 있는 힘은 거기에서 나온다.

인문고전을 많이 읽은 사람들은 해설서가 필요 없다고 이야기한다. 독자와 저자와의 대화를 방해하는 것이 해설서라고. 고전을 읽으며 스스로 생각할 기회를 가져가는 책이라고. 게다가 해설서를 쓴 저자의 생각에 따라 고전을 읽게 될 것이라고 주장한다.

하지만 책을 읽으며 머리를 쥐어뜯으며 무슨 의미인지 아무리 생각해 봐도 모를 때, 그 고통은 어떨까. 독서는 즐거워야 한다. 무슨 뜻인지 알 수 없는 텍스트를 만났을 때 우리는 망망대해에서 나침반을 잃어버린 것 같은 기분일 것이다.

게다가 해설서는 우리가 생각하지도 못했던 관점을 제시해 줄 수도 있다. 책을 통해 새로운 관점을 얻는 것만큼 유익한 것은 없다. 그 관점은 자신이 읽었던 고전을 다시 한번 생각해 볼 수 있게 해 줄 것이다.

단, 해설서 속의 내용이 100% 전적으로 옳은 것이라고 생각하지는 말아야 한다. 해설서를 쓴 이도 우리와 같은 사람이다. 한 권의 책을 100명이 읽으면 100개의 해석이 나올 수 있다. 해설서는 참조를 위한 것이다. 우리의 손 위에 있는 책에 대해서는 반드시 자신의 관점으로 생각해 봤으면 좋겠다.

즐거운 고전읽기를 위한 TIP 4

필사하기 좋은 고전에는 어떤 책이 있을까?

앞서서 고전과 잘 어울리는 독서법이라고 이야기한 필사. 필사를 통해서 고전 속에 숨어 있는 의미에 깊숙이 접근해볼 수 있다. 하지만 그렇다고 해서 아무 책이나 필사를 해서는 안 된다. 애덤 스미스의 〈국부론〉, 플루타르코스의 〈플루타르코스 영웅전〉과 같은 책은 피해야 한다. 필사하기에는 내용이 너무 방대하고, 책도 두껍다. 그래서 하다가 중간에 지쳐 버릴지도 모른다. 그렇다면, 어떤 책으로 필사를 해보는 것이 좋을까?

우선 얇은 책이 좋다. 조금 더 가벼운 마음으로 필사를 시작할 수 있기 때문이다. 그리고 공감이 가는 문장이나 생각을 하게끔 하는 문장이 많은 책이 좋다. 짧은 글에서도 많은 생각을 해주게 하는 철학책을 고르면 된다. 그런 책으로 공자의 〈논어〉, 노자의 〈도덕경〉, 마르쿠스 아우렐리우스의 〈명상록〉을 예로 들 수 있다.

세 권 중 한권을 추천한다면, 〈논어〉가 제일 좋을 것 같다. '온고지신(溫故知新)', '과유불급(過猶不及)'과 같이 어릴 적에 수업을 통해 배웠던 고사성어를 만나볼 수 있어서 흥미롭다. 그리고 책 속의 문장을 통해서 우리가 세상에서 살아가는 데 필요한 마음가짐이나 자세에 대해서 생각할 수 있게 해주기도 한다.

문학을 좋아하는 사람이라면 소설을 필사해보는 것도 좋다. 이 역시 너무 긴 소설을 제외하는 것이 좋다. 필사해 볼 만한 소설로 생텍쥐페리의 〈어린 왕자〉, 알베르 카뮈의 〈이방인〉, 프란츠 카프카의 〈변신〉, 어니스트 헤밍웨이의 〈노인과 바다〉를 추천한다. 네 작품 모두 길이가 짧은 편이다. 그리고 소설 속의 이야기를 읽고 따라 쓰다보면 삶에 대해 여러 생각을 해볼 수 있을 것이다.

필사를 할 때에는 별도로 노트를 한 권 마련하여 하면 된다. 그런데 시중에 있는 책 중에는 필사를 할 수 있게 라이팅북 형태로 출간되는 책들도 있으니, 찾아보고 구매한 후 그 책으로 필사를 해도 좋을 것이다.

제 5 장

지금이 인문고전 읽기에 가장 좋은 시간이다

01

고전 읽기를 시작하기에 늦은 때란 없다

15세기 후반 이탈리아에서 일어났던 일이다. 어느 귀족에게 편지가 한 통 도착했다. 그 편지의 주된 내용은 나를 고용해 달라는 것이었다. 딱히 구인공고를 내리지도 않았는데, 입사지원서를 낸 사람이 있었다.

그 편지의 주인공은 자신을 엔지니어라고 얘기하면서 자신이 할 수 있는 10가지 일을 나열했다. 그 일들은 대부분 군사적인 목적의 일이었다. 강하면서 가볍기도 한 조립식 교량을 만들 수 있다고 했고, 아름다우면서 기능적으로도 정교한 대포와 박격포를 설계할 수도 있다고 말했다. 그리고 그는 마지막에 다른 능력을 한 가지 덧붙였다.

"그리고 저는 대리석, 청동, 점토를 이용해 작품을 만들 수 있습니다. 그림도 마찬가지입니다. 무엇이든 다 그릴 수 있습니다. 저보다 잘 그릴 수 있는 사람은 많지 않습니다."

이 사람은 누구일까?

이 '입사지원서'의 주인공은 레오나르도 다빈치였다. 피렌체를 떠나 밀라노로 오면서 그에게는 일자리가 필요했다. 그래서 밀라노 공국 스포르차 가문의 루도비코 공작에게 자기소개서를 보냈던 것이었다. 레오나르도 다빈치는 〈모나리자〉와 〈최후의 만찬〉이라는 그림으로 유명하지만 사실 그 외에도 다방면에 뛰어났던 천재 중의 천재였다. 회화는 물론이며 조각, 기하학, 수학, 해부학, 음악, 건축 등에 능통했다. 그는 여러 가지 아이디어들을 노트에 남겼고, 그 노트 속의 내용들은 훗날 증기기관의 등장, 비행기의 발명 등으로 실현되었다.

어린 시절 그가 그림에 재능을 보이자, 그의 아버지는 베로키오라는 화가의 공방에 수습생으로 보냈다고 한다. 레오나르도 다빈치는 허드렛일부터 시작하며 차차 붓을 잡고 그림을 그리기 시작했다. 어느 날 레오나르도 다빈치는 베로키오가 그리던 그림 귀퉁이에 천사들을 그려 넣었는데, 이를 본 스승이 '제자의 그림 실력이 자신보다 훨씬 낫다.'라고 얘기했다고 전해진다.

하지만 레오나르도 다빈치는 정규 교과과정을 거치지 않아 '라틴어'를 몰랐다. 그가 살았던 시대에는 아주 오래전에 나왔던 고대 로마의 고전들이 다시 등장하고 있었다. 당시 재발견되어 많은 사람들이 읽고 있던 책 중에 고대 로마의 시인 루크레티우스가 쓴 〈만물의 본성에 대하여〉라는 책도 있었다. 당시 고대 로마의 고전을 읽기 위해서는 라틴어를 반드시 알아야 했다. 여러 가지 분야에 관심이 많았던 그는 늦은 나이였지만 라틴어 공부를 시작했다.

장 대리는 스콧 피츠제럴드의 〈위대한 개츠비〉를 읽었다. 전 세계에서 이 책을 읽은 대부분의 사람들이 가졌을 질문이 하나 있다. '도대체 개츠비는 왜 위대한 것일까?' 장 대리도 마찬가지였다. 대학교 다니며 읽었던 그 소설을 다시 읽어봤다. 하지만 제목에 있는 두 단어 'Great'와 'Gatsby'가 서로 매치가 되지 않았다.

개츠비가 위대한지에 대해서는 잘 모르겠지만 스콧 피츠제럴드는 위대한 작가에 속하는 것 같다. 그의 대표작인 〈위대한 개츠비〉 외에도 여러 좋은 작품들을 남겼기 때문이다. 그리고 그의 소설 중에는 영화로 만들어진 것도 있다.

얼마 전 장 대리는 〈벤자민 버튼의 시간은 거꾸로 간다〉라는 제목의 영화를 봤다. 소설의 주인공인 벤자민은 80세의 노인의 몸으로 태어난다. 얼굴에 주름이 가득하고 하얀 머리카락을 가진 할아버지의 모습으로. 그리고 그의 시간은 영화의 제목처럼 거꾸로 흘렀다. 시간이 지날수록 그는 점점 젊어졌다. 그런 그의 삶을 한 편의 영화로 담은 것이었다. 이 영화의 원작 소설이 바로 피츠제럴드가 쓴 단편소설 〈벤자민 버튼의 기이한 사건〉이다.

영화를 보면 이런 장면이 나온다. 나이를 거꾸로 먹는 벤자민은 시간이 갈수록 점점 젊어진다. 사랑하는 여자와 결혼도 하고 아이도 낳지만, 그는 자신이 가장으로서 역할을 할 수 없음을 알고 가족을 떠났다. 그리고 그는 그의 딸에게 편지를 남긴다. 그 편지 속에는 인상적인 구절 하나가 있다.

"There is no limit to be whoever you wanna be."

너 자신이 되고자 하는 바를 이루는 데에 시간제한은 없다. 장 대리는 그 말이 옳다고 생각했다. 우리가 원하고 하고자 하는 일에 시간제한을 둘 필요는 없다. 하고 싶고 이루고 싶은 일이 있다면 그 일에 대해서 알아보고 계획을 세우고 도전하면 된다. 살아가면서 자신이 하고 싶고 원하는 일을 하는 데에 나이가 무슨 상관이란 말인가.

나이가 들수록 할 수 있는 일이 점점 줄어들 수도 있다. 뛰어난 운동 신경으로 멋진 모습을 보여주던 운동선수를 보면 알 수 있다. 엄청 빨리 달릴 수 있고, 누구보다 강한 슛을 할 수 있는 축구 선수도 똑같다. 전성기가 지나가고 나서는 뛰어난 운동 능력을 조금씩 잃어간다.

그래서 우리는 이렇게 생각할지도 모른다. '나는 이미 늦었다.'라고 말이다. 하지만 인생은 생각보다 길다. 언제 죽게 될지 알 수 없는 것이 인간이고, 우리 역시 당장 내일 죽을지도 모른다. 하지만 이런 불확실성에도 불구하고 인간의 평균 수명은 80세 정도가 되며, 이는 결코 짧은 시간이라고 할 수 없다.

우리의 삶이 길기 때문에 자신이 하고자 하는 일에 시간제한을 두지는 말았으면 한다. 자신이 이루고자 하는 목표가 있다면 그 방향으로 천천히 한 걸음씩 발을 옮기는 것은 어떨까?

고전을 읽는 것도 마찬가지다. 늦지 않았다. 지금 시작해도 괜찮다. 레오나르도 다빈치를 보면 알 수 있지 않은가. 그는 37세의 나이에 라틴어 공부를 하고, 고대 로마의 고전을 읽기 시작했다.

레오나르도 다빈치와 같은 인류 역사상 천재도 고전을 읽기 위해서 37세의 나이에 라틴어를 공부를 시작했다. 우리는 그래도 그처럼 따로 라틴어 공부까지 하며 읽을 필요는 없다. 시중에 잘 번역되어 나온 책이 있으니 자신이 읽고 싶은 고전을 찾아서 읽으면 된다. 다만 고전 읽기를 시작하는 데 나이는 중요하지 않음을 기억해 주었으면 한다.

성 밖에는 수많은 왜군이 몰려와 있었다. 전에 치렀던 몇 번의 전투에서 승리를 거둔 왜군들은 성 하나쯤은 가볍게 무너뜨릴 수 있을 것이라고 생각했다. 성벽에 사다리를 댔다. 그리고 기어오르기 시작했다. 하지만 저항 역시 매우 강했다. 많은 왜군들이 사다리를 오르다가 화살을 맞고 떨어졌다. 수비는 잘 되고 있는 것처럼 보였다.

하지만 시간이 지날수록 화살이 부족해졌다. 사다리를 타고 올라오는 왜군을 모두 막기에는 화살이 부족했다. 화살 외에 사용할 수 있는 무기는 무엇이 있었을까? 바로 돌이 있었다. 하지만 누군가가 돌을 가져다줘야만 했다. 당장 왜군들을 막기에도 급한데 돌아다니면서 무기로 쓸 수 있는 돌을 찾을 여유는 없었다.

그때 부녀자들이 나섰다. 찢은 치마를 이용하여 돌을 날랐다. 그리고 그 돌들은 왜군들을 향해서 날아갔다. 왜군들은 기어오를 수가 없었다. 화살만큼이나 돌 역시 그들에게 큰 충격을 주었기 때문이다.

그리고 부녀자들은 물을 끓였다. 그 물도 왜군들을 향했다. 뜨거운 물을 마주한 왜군들은 생각하지 못했던 공격에 주춤거렸다. 그리고 또다시 돌이 날라 왔다.

임진왜란 3대 대첩 중 하나인 행주대첩의 한 장면이다. 당시 성에 있는 사람들은 왜군들의 침략에 다양한 방법을 이용해서 대응했다. 그리고 이를 지휘한 장군이 한 명 있었으니 바로 권율 장군이다. 권율 장군은 마흔 살에 인문고전을 읽기 시작했다고 했다. 그리고 마흔여섯 살이었던 1582년에 병과에 급제하며 세상에 나갔다. 그리고 수백 년이 지난 오늘 우리는 그의 이름을 기억한다. 임진왜란 당시 뛰어난 활약을 했던 장군 중 한 명으로 말이다.

나이가 들수록 머리가 굳는다는 말이 있다. 하지만 시간의 무게를 이겨낸 고전은 그 머리도 부드럽게 만들 수 있는 힘이 있다. 늦지 않았다. 혹시 자신의 나이 때문에 고전 읽기를 망설이는 사람이 있다면 용기를 갖고 도전해 봤으면 좋겠다.

02

책은 그대로인데, 우리는 성장했다

어릴 적에 읽었던 책을 다시 읽어 본 적이 있는가. 사실 어릴 때 무슨 책을 읽었는지 잘 기억이 안 날 수도 있다. 하지만 어렸을 때 독서를 했었던 사람이라면, 그 책 중에서 분명히 기억에 남는 책이 한두 권쯤 있을 것이다.

장 대리는 초등학교 시절 어머니를 따라 서점에 갔던 적이 있었다. 보통 참고서나 전과를 사러 자주 갔었는데, 어느 날 단순해 보이는 표지에 끌렸는지 책 한 권을 함께 샀다. 그 책이 바로 〈로마인 이야기〉 1권이었다. 그 책을 읽고 나서 재미있었는지 독후감을 써서 제출하기도 했었다.

시간이 흘렀다. 장 대리는 20여 년 전 서점에서 봤던 로마인을 도서관에서 다시 만났다. 한 장씩 넘겨보았다. 무척 재미있었다. 고대 로마인들의 모습이 머릿속에서 하나씩 펼쳐졌다.

문득 생각 하나가 그의 머릿속을 스쳐 지나갔다. 로마인 이야기 열다섯 권 중에서 1권 〈로마는 하루아침에 이뤄지지 않았다〉가 제일 중요하다고 말이다. 2권 한니발 전쟁과 4, 5권 율리우스 카이사르에 비해서는 재미나 흥미가 떨어질 수 있지만 1권은 꼭 읽어야 한다고 생각했다. 1권을 읽다 보면 작은 도시국가였던 로마가 대제국을 건설할 수 있게 해 준 원칙들이 언제 어디에서 기원했는지를 알 수 있기 때문이다.

어릴 적에 읽을 때에는 전혀 그런 생각이 들지 않았다. 하지만 시간이 지났고 장 대리는 성장했다. 로마인 이야기를 1권부터 15권까지 완독했고, 그 외 역사 관련 책들도 함께 읽었다. 어릴 적 부모님 몰래 계산대에 책을 올려놓던 '코흘리개' 장 대리는 지금 조용한 카페에 앉아서 자신만의 시간을 즐기며 책을 읽고 있다.

책의 좋은 점은 변하지 않는다는 점이다. 책을 사서 읽고 난 후 책꽂이 꽂아 둔다. 그리고 몇 년의 시간, 아니 몇 개월의 시간이 지난 후 다시 읽어 보면 처음 읽었을 때와는 다른 기분이 든다. 왜 그런 것일까? 책 속의 텍스트는 변화하지 않았지만, 우리가 변화했기 때문이다.

'나'라는 존재에 대해서 한 번 생각해 보자. 우리는 스스로 주체적인 생각을 갖고 행동을 하며 하루하루를 살아간다. 나는 무엇을 좋아하고, 어떤 일을 할 때 기쁘다. 이런 것들로 '나'를 규정할 수 있을까.

예를 들어 설명해 보자. 야구를 무척 좋아하는 A가 있었다. 주말 어느 아침 친구들과 함께 야구 경기를 하고 있었다. A는 투수의 공을 받아주는 포수였다. 투수가 공을 던졌고, 그는 공을 받기 위해 손을 내밀었다. 그와 가까운 위치에 서 있는 타자는 투수의 공을 치기 위해서 배트를 휘둘렀다. 그런데 갑자기 우연히 타자의 손에서 배트가 미끄러졌다. 그 배트는 타자의 뒤에 있던 A를 향해 날아갔고, A는 얼굴에 배트를 맞고 쓰러졌다.

방망이는 A의 입 부근을 강타했고, 그는 몇 주간 맛있는 음식도 먹지 못하면서 병원에 입원해 있어야만 했다. 그 이후 A는 야구와 담을 쌓게 되었다.

주말마다 야구를 하던 'A'와 이제 더 이상 방망이도 잡지 않고 글러브도 끼지 않는 'A'는 물리적으로 봤을 때 동일 인물이다. 하지만 외적으로 드러나는 모습만을 가지고 인간을 규정하기에 인간은 너무나도 복잡하다. 주말에 야구장에서 시간을 보내던 그는 그 사건 이후로는 야구장 방향으로 몸도 돌리지 않는다. 보통 이럴 때 사람이 변했다고 이야기하기도 한다. 그렇다면 사고 전의 'A'와 사고 후의 'A'는 같은 사람이라고 할 수 있을까?

세상에 존재하는 많은 것은 변한다. 사람도 마찬가지다. 시간의 흐름에 따라서 변한다. 어제의 '나'와 오늘의 '나'가 다르고, 일주일 전의 '나'와 오늘의 '나'가 다르다. 그런데 변하지 않는 것들도 있다. 바로 책도 그중에 하나이다. 책꽂이에 꽂아둔 책은 그대로 남아 있다.

변하지 않는다.

책은 그대로이지만 우리는 변화했다. 그리고 성장했다. 그래서 어렸을 때 읽었던 책을 다시 읽으면 당시와는 다른 느낌을 받게 된다.

어제 존재했던 '나'와 오늘 존재하는 '나'가 다른 사람이다. 별 차이가 없는 것 같지만 분명 다른 사람이다. 아주 오래전의 내 모습과 현재를 비교해 보면 어떨까? 분명 큰 차이가 있을 것이다. 시간의 흐름 속에서 우리는 변화했다. 그 시간 속에서 우리는 밥을 먹고, 잠을 자고, 일을 하고, 공부를 했다. 때로는 슬픔을, 때로는 기쁨을, 때로는 분노를. 여러 감정들을 느끼며 살아왔다. 과거의 '나'와 현재의 '나'는 다른 사람일 수밖에 없다.

다른 사람이기에 같은 것을 보더라도 다르게 느끼게 된다. 어릴 적에는 재미있게 읽었던 책이 지금은 유치해 보일 수도 있다. 감명 깊게 읽었던 책이었는데, 당시의 감흥은 어디로 갔는지 찾아보기 힘들 수도 있을 것이다.

인간의 삶은 한정적이고 시간은 끊임없이 흐른다. 우리가 죽고 난 다음에도 시간은 무한의 수레바퀴 위에서 굴러갈 것이다. 끝을 알 수 없는 시간의 무거움, 그 무거움을 이겨내고 현재 사람들의 손 위에 펼쳐져 있는 책을 바로 고전이라고 부른다.

사람들은 변화했지만, 고전은 변하지 않았다. 고전 읽기가 어려운 것은 아마도 그 이유 때문일지도 모른다. 오래전 사람들의 사고방식으로 쓰였고, 이를 현재의 관점에서 받아들이는 것이 때로 힘이 들기도 한다. 그럼에도 불구하고 사람들이 고전을 읽는 이유가 있다. 고전을 통해 인간으로서 보편적으로 추구해야 할 가치를 찾을 수 있기 때문이다.

르네상스 시대의 마키아벨리가 읽던 〈플루타르코스 영웅전〉과 지금 현재 우리가 읽는 〈플루타르코스 영웅전〉은 다르다. 표지도 다르고, 언어도 다르다. 하지만 그 속에서 전해주고자 하는 가치는 동일하다. 고전이 시간의 무거움을 이겨낼 수 있었던 것은 이렇게 시대를 초월한 가치를 담고 있기 때문이 아닐까?

어릴 적이었을 것이다. 장 대리는 최인훈의 〈광장〉을 처음 읽었던 때를 기억한다. 중학교 때 선생님께서 독후감의 과제를 내서 읽었을 것이다. 책은 지루했다. 그래도 책 속에는 재미있는 부분들이 있었다. 바로 주인공이 책 속에서 여자와 만나서 사랑을 나누는 장면이 그랬다. 그 부분들을 반복적으로 읽다 보니 머릿속에서 생생하게 그림이 그려지기도 했다. 그 책의 주인공 명준은 두 여인과 사랑을 나눈다. 남한의 윤애, 북한의 은혜. 책 속에서 명준은 두 여자와 이별을 경험하게 되는데, 이는 곧 그가 갈 곳을 잃은 것과 같다고 생각했다.

시간이 지났다. 학창 시절 장 대리는 노래를 즐겨 듣기도 했고, 책을 읽기도 했다. 스포츠 관람도 좋아했다. 대학교를 졸업한 후 일자리를 구하지 못해서 방황의 시절을 보내기도 했다. 누군가를 사랑해 보기도 하고, 사랑받아 보기도 했다. 발목을 다쳐서 입원해서 3주라는 시간 동안 밖에 나가보지 못한 적도 있었다. 바쁜 직장생활에 게임과 술에 빠져서 책을 손에서 놓았던 시간도 있었다. 하지만 그는 다시 책을 찾았고, 〈광장〉과 조우했다.

그가 다시 만난 〈광장〉은 달랐다. 과거에 비해서 성적 호기심이 줄어들어서일까. 그는 더 이상 어린 시절 반복적으로 읽었던 구절에서 감흥을 받지 못했다.

그리고 처음 읽었을 때에는 이해하지 못했던 부분이 많았다. 이데올로기는 무엇이고 이념이란 무엇인지. 그리고 〈광장〉이 무엇을 뜻하는 것인지. 그것을 알고 이해하기에는 어린 나이였기 때문에 그런 게 아닐까.

하지만 이제 조금은 알 것 같다. 그동안 장 대리는 나이의 앞자리가 1에서 2로, 2에서 3으로 바뀌었다. 학교를 졸업하고, 직장에 입사했고, 두 번의 이직을 경험했다. 자신이 하고 싶은 일을 하기 위해 이런저런 노력도 해 봤고 지금도 하고 있다.

장 대리가 변화하는 사이에 '광장'도 변했다. 과거에 비해 보다 다양한 사람들의 의견을 수용할 수 있게 되었다. 하지만 '광장'은 여전히 발전해야 한다. 여전히 우리 사회에는 '광장'에서 떨어져 있는 소외 계층도 있으며 그들을 '광장'의 일원으로 품을 수 있어야 한다고 생각했다. 그렇다면 그것을 이루기 위한 방법은 어떤 것이 있을까? 장 대리는 한번 생각해 보았다.

03

지금 읽는 책이 당신의 미래를 결정한다

수신제가치국평천하(修身齊家治國平天下)라는 고사성어가 있다. 사서삼경 중 하나인 〈대학〉에 나오는 말인데, 책에서는 이렇게 소개된다.

"사물이 탐구된 뒤에 앎에 이르게 된다. 앎에 이른 뒤에 의지가 성실하게 된다. 의지가 성실하게 된 뒤에 마음이 올바르게 된다. 마음이 올바르게 된 뒤에 몸이 닦여진다. 몸이 닦여진 뒤에 집안이 반듯해진다. 집안이 반듯해진 뒤에 나라가 다스려진다. 나라가 다스려진 뒤에 온 세상이 태평해진다. 천자부터 일반 백성에 이르기까지 한결같이 모두 몸을 닦는 것을 근본으로 삼았다."

장 대리는 학창 시절 한자 수업 시간을 떠올렸다. 한자 노트에 꾹 꾹 펜을 눌러서 적을 때에는 밋밋한 쉼표로 다가왔던 구절이었다. 하지만 고전 속에서 그 글을 접하다 보니 생기 넘치는 느낌표처럼 느껴졌다.

수신제가치국평천하. 자기의 몸을 먼저 가다듬고, 가정을 돌보고, 나라를 다스린다. 더 나아가서 천하를 경영하기까지. 멋진 말이다. 하지만 모든 것은 자신을 갈고닦는 '수신(修身)'이 있어야 가능하다. 자기 자신이 똑바로 서지 못하면, 세상에 나설 수 없다. 자기 수양, 다시 말해서 자기 계발이 왜 중요한지를 알 수 있게 해주는 글이 아닐까 싶다.

일요일 오후 늦게 일어난 장 대리는 거울 속 비친 자신의 모습을 바라보았다. 어제 마신 술이 덜 깨서 골골대면서 누워 있는 모습이었다. 그 모습이 문득 초라해 보인다는 생각도 들었다. 가끔 그럴 때 이런 생각이 들곤 했다.

'내 삶은 왜 이 모양인 것일까.'

하지만 곧 텔레비전을 보며 누워 있다가 그대로 잠들기가 태반이었다.

그럼에도 불구하고 다행이었던 점은 그런 질문이 완전히 사라지지 않았다는 것이다. 갑자기 찾아오는 소나기처럼 나타나 우리 내면을 맴돌며 상처를 남기고 사라진다.

그리고 이런 날도 있을 수 있다. 불현듯 우리를 찾아온 그 질문이

사라지지 않고 우리의 주변에 계속 남아 있을 때 말이다. 이럴 때 우리는 고민을 하게 되고, 자신이 처한 상황에 대한 답을 구하게 된다. 장 대리가 구한 답은 '책'이었고, '고전'이었다. 어렸을 때의 독서경험이 그를 다시 '책'으로 이끌었고 그는 '고전'을 선택했다. 그리고 '고전'은 장 대리에게 '수신'을 위한 도구이기도 했다.

책, 아니 고전에는 힘이 있다. 당신을 변화시켜줄 힘이 있다. 광화문역 근처에 있는 어느 유명 서점의 입구에는 '사람은 책은 만들고 책은 사람을 만든다.'라고 적혀 있다. 인류 역사상 수많은 사람들이 만든 책이 여러 사람들에게 영향을 미친다는 것이다. 현재 출간되고 있는 책들도 마찬가지일 것이다.

그렇다면 고전은 어떤 힘이 있기에 사람들에게 영향을 끼칠 수 있는 것일까.

크게 세 가지 이유가 있다. 첫째, 고전은 인간이 가지고 있는 본성을 알 수 있게 해 준다. 고전 속에는 인간 본성에 대한 깊은 통찰이 담겨 있다. 이를 통해서 우리는 인간이라는 존재에 대해서 잘 알 수 있게 되고, 더 나아가서 나 자신에 대해서 한 번 더 생각하게 된다. 인간이 가지고 있는 보편적인 감정과 속성을 알게 되면 나 자신을 더 잘 파악하게 된다. 그리고 주변 사람들이 왜 저렇게 행동하는지도 잘 이해할 수 있다.

마키아벨리가 쓴 책으로 유명한 〈군주론〉을 보면 그렇다. 그는 역사적인 사실을 연구하고 인간 본성에 대한 통찰을 바탕으로 그 책을 썼다고 했다. 그래서 〈군주론〉을 읽다 보면 '인간은 이러이러한 존재이기 때문에'라고 하면서 설명하는 대목들을 볼 수 있다. 마키아벨리의 그런 생각과 접하게 되다 보면 인간이 그런 존재란 말인가 하는 생각이 들기도 한다.

둘째, 고전 속에 있는 여러 사건과 인물들에게서 우리 삶의 길잡이를 찾을 수 있다. 가끔 어떻게 해야 할지 판단이 되지 않을 때가 있다. 어떤 선택을 해야 좋은지 판단이 안 설 때가 있게 마련이다. 이런 지점을 만났을 때에 필요한 것이 바로 고전이다. 만났을 때 읽는다면 이미 늦을지도 모른다. 우리는 고전을 미리 읽어서 그 지점에 도착했을 때를 준비해 줘야 할 것이다.

문학 작품 속 여러 인물들의 행위나 생각에서, 역사 고전의 여러 사건들 속에서 우리는 많은 교훈을 얻을 수 있다. 살다 보면 누구나 위험에 처하는 상황이 마련이고, 힘든 결정을 내려야 하는 경우가 있게 마련이다. 이는 현대를 살아가는 우리만 그런 것이 아니라, 과거 속 여러 사람들도 마찬가지였다. 책을 읽고 있는 중에는 모를 것이다. 하지만 중요한 순간에 흔들리지 않고 선택을 할 수 있는 힘은 고전을 꾸준히 읽은 데에서 나오게 마련이다.

셋째, 다른 관점으로 우리의 삶과 세상을 바라볼 수 있게 해 준다. 세상을 바라보는 관점은 주변 환경에 의해서 영향을 받게 마련이다. 주변에 친구들이 사이버 대학교를 통해 학위를 따고 있으면 나도 같이 해 보고 싶고, 그들과 비슷하게 생각할 수도 있다. 그리고 우리의 삶도 그들의 궤적을 따라서 움직이게 될 것이다.

고전을 읽게 되면 다르게 생각하게 된다. 장 대리는 어릴 적에 유학은 고리타분한 것이며, 조선을 망하게 한 주범과도 같다고 생각했다. 하지만 〈논어〉, 〈맹자〉를 읽다 보면 유학은 그렇게 고리타분한 학문이 아님을 알 수 있다. 특히 〈맹자〉 속에는 임금이 잘 못하면 백성들이 왕을 바꿀 수도 있다는 역성혁명을 이야기하기도 한다. 세상은 우리가 생각하는 것과 다르며, 이를 더 잘 알기 위해서는 고전을 읽는 것이 필요하다. 고전을 읽게 되면 세상을 바라보는 관점이 변화하게 되고 우리의 삶도 차차 변화하게 된다.

고전은 우리 삶에 이렇게 많은 영향을 줄 수 있다. 자신의 삶에 변화를 주고 싶은 사람이 있다면 고전을 읽을 필요가 있다. 그리고 고전을 읽기 시작하는 시점에서부터 우리는 점차 조금씩 변화할 수 있다. 그리고 이를 통해 긍정적인 변화를 이끌어 내고, 차차 누적이 된다면 자신의 미래도 바뀔 것이라고 생각한다.

지금 어떤 책을 읽고 있는가. 한 권의 책도 읽고 있지 않은가. 지금이라도 늦지 않았다. 서점으로 혹은 도서관으로 가서 고전 읽기를 시작해 보는 건 어떨까. 어떤 책을 읽어야 할지 어떻게 읽어야 할지 잘 몰라도 괜찮다. 우선 시작해 보는 것만큼 더 중요한 것이 없다.

지금 당신의 손에는 어떤 책이 들려져 있는가. 책은 생각을 할 수 있는 장을 만들어 주기에 어떤 책이든 도움이 될 수 있을 것이다. 하지만 그 책이 고전이었으면 한다. 그 고전을 읽으며 마음의 양식을 쌓고, 인간 본성에 대해 생각해볼 수 있는 기회를 갖게 될 수 있을 것이다. 변화무쌍한 이 시대에서 살아남을 수 있는 힘을 기르고, 보다 다양한 관점으로 세상을 바라볼 수 있었으면 좋겠다.

04

나와 타인,
그리고 세상에 대한 고민들

당신은 지금 따뜻한 아침 햇살이 들어오는 침대에 누워 있다. 단잠에 빠져 있는 시간, 하지만 출근 시간은 시시각각 다가오고 있다. 지금부터 다섯을 세면 당신은 잠에서 깨어나게 된다. 5! 4! 3! 2! 1! 이제 눈을 뜬다.

그런데 뭔가 이상하다. 배는 납작해진 동시에 넓어져 있고, 등에는 뭔가 딱딱한 껍질이 덮여 있다. 팔은 어디로 갔는지 보이지 않고 대신 짧은 발이 여러 개 보인다. 이불은 당신의 배를 더 이상 덮어주지 못한다. 아찔하다. 도대체 무슨 일이 일어난 것일까? 자다가 일어나 보니 몸이 벌레가 되어 있다. 평소에 징그럽다고 생각했던 그 '벌레' 말이다.

하지만 안심해도 좋다. 이것은 프란츠 카프카의 소설 〈변신〉에 나오는 주인공 그레고르 잠자의 이야기이기 때문이다.

다시 한번 상상을 해 보자. 소설의 주인공처럼 아침에 당신이 일어났는데 벌레가 되어 있다고 말이다. 살다 보면 때론 눈앞의 현실이 꿈이었으면 좋겠다는 생각이 들 때가 있다. 하지만 잔인하게도 지금 당신은 꿈을 꾸고 있는 것이 아니다. 눈에 보이는 장면은 지금 당신에게 닥친 현실이다.

응? 어떻게 된 일이지? 대체 이건 무슨 일이지? 하지만 그 이유는 아무도 모른다. 신마저도 이에 대해 답을 못 해줄 것 같다. 이 상황을 우리는 어떻게 받아들여야 하는 것일까.

한 인간으로서 삶을 살아오던 당신이 하룻밤 사이에 벌레로 변해 버렸다. 꿈인 줄 알았는데 꿈도 아니다. 한 숨 자고 나면 다시 원래대로 돌아올 수 있을 것 같은데, 전혀 그렇지 않다.

"A 씨는 우리 회사에서 이 업무를 담당하기에 적합한 사람이 아닌 것으로 보입니다."

그리고 회사는 A를 해고했다. 누구보다 성실하고 착하게 살아왔다. 회사 업무도 열심히 임했다. 많지 않은 월급이었지만 부모님께 용돈도 매달 드렸다. 아직 여자 친구는 없었지만 곧 생길 것이라 생각했고, 이후의 결혼을 위해서는 집이 필요할 것이라고 생각했다. 그래서 꾸준하게 저축도 했다.

하지만 한 순간 모든 것이 달라졌다. A는 당장 내일부터 회사에 출근할 수 없고, 새로운 직장을 구해야만 하는 실업자가 되었다. 부모님께 드리던 용돈도 당분간 드릴 수 없게 되었고, 매월 꾸준하게 해오던 저축도 끊어야만 했다. 부모님께 솔직하게 말씀드렸고, 그는 부모님 댁에서 지내면서 구직활동을 시작했다.

하지만 잘되지 않았다. 시간은 흘러갔고, 3개월 정도 되었을 때였다. A는 부모님께서 다른 사람과의 통화에서 자신을 '식충'이라고 부르는 것을 들었다. 왠지 모를 설움이 몰려왔다. '내가 얼마나 먹었다고.' 하긴 얼마 전부터 그를 바라보는 부모님의 눈이 날카로워졌다. 실직 이후 생겨난 변화 속에서 그는 소외감을 느꼈다.

하룻밤 사이에 벌레로 변하는 것과 직장을 잃고 실업자가 되는 것. 둘 사이에 별 관계가 없어 보인다. 하지만 그렇지 않다. 큰 차이가 없다. 〈변신〉 속의 그레고르 잠자는 벌레로 변하기 전까지만 해도 착실한 회사원이었다. 그레고르 잠자가 회사에서 벌어오는 돈으로 그의 가족은 생계를 이어가기도 했다. 그레고르는 벌레가 된 이후 가족의 눈에 띄지 않게 처신해야만 했다. 서서히 그는 가족의 관심 밖으로 밀려나게 되고 죽음을 맞이한다.

'A'의 경우나 그레고르 잠자의 경우 모두 마찬가지로 직장을 잃었고, 삶은 무기력해졌으며, 그 과정에서 소외감을 느꼈다. 책에서는 그레고르 잠자가 벌레로 변신하는 것으로 상상력을 발휘하여 표현이 되었지만, 우리 주변에도 사실 이런 일은 충분히 벌어진다. 불황과 매출 감소와 같은 회사 사정으로 갑작스럽게 직장을 잃고, 무기력한 삶을 살아가는 사람들에 대한 뉴스를 자주 볼 수 있다.

장 대리는 책을 읽으면서 삶 속에서 자신이 했던 행동들을 한 번씩 되돌아보기도 했다. 주변 사람 중에 어느 특정 인물을 '벌레'처럼 대한 적이 없는지 말이다. 관계를 맺고 살아가고 있는 누군가가 나로 인해서 소외감을 느낀 적은 없었는지 생각해 보았다. 말 걸어오는 누군가를 외면하기도 했고, 바쁘다는 핑계로 필요한 말만 하고 자리를 뜨기도 했던 기억이 떠올랐다.

고전을 읽다 보면, 장 대리와 같이 나 자신에 대해서 생각해 볼 수 있고, 더불어 주변 사람들에 대해서도 생각해 볼 수 있다. 더 나아가 우리 사회의 문제도 생각해 보게 된다. 이런 생각들은 고민으로 이어질 것이고, 차차 우리의 행동을 바꾸는 밑거름이 될 것이다.

인문고전은 나와 세상을 이해할 수 있는 도구와도 같다. 고전 속 텍스트를 자신의 삶에 비춰서 읽고, 누군가와의 관계를 돌이켜 볼 수 있기 때문이다. 더 나아가 고전은 우리가 살아가고 있는 세상에 대해서 다시 한번 생각해 볼 기회를 만들어 준다. 고전을 읽음으로써 사회 속 여러 현상들에 대해 생각해 볼 수 있다.

어느 누군가는 이렇게 이야기할 수도 있다. 고전 속의 이야기는 과거를 살았던 어느 사람이 쓴 이야기일 뿐인데, 그게 무슨 도움이 되겠냐고 말이다. 전혀 그렇지 않다. 서양에서 소크라테스, 동양에서 공자가 활동하던 때부터 2,500년의 시간이 흘렀지만 인간의 본성은 크게 달라지지 않았다. 생물학적으로, 유전적으로 인간이 변화하기에는 너무 짧은 시간이며, 인간의 삶의 모습은 달라진 것이 없다.

과거에는 자동차도 없었고, 휴대전화도 없었고, 고층 아파트도 없었다. 하지만 그때에도 말이라는 이동 수단이 있었고, 편지라는 소식 전달 수단이 있었고, 높지 않지만 포근한 집도 있었다. 사람이 사는 모습은 본질적으로 달라진 것이 없다. 지금도 우리는 누군가를 사랑하고 미워하고, 욕망하고, 행동하며 살아간다. 오래된 이야기일 수 있지만, 그 속의 문장들에서 우리가 배울 수 있는 것은 과거의 사람과 현재의 우리가 별반 다르지 않기 때문이다.

인문고전 속의 살아 움직이는 텍스트들은 우리를 생각하게 한다. 이 생각들이 모여서 자기 자신에 대한 성찰로 이어지게 된다. 더불어 우리가 살고 있는 세상에 대해서 생각도 해 볼 수 있게 된다. 고전을 읽으며 하게 되는 여러 생각은 나를 둘러싸고 있는 문제들과 연결될 것이고, 사회 속에서 이슈화되고 있는 현안들과도 이어진다. 결국 고전은 우리를 생각하게 만들고, 그런 생각, 그런 고민 속에서 우리는 한 단계씩 성장할 수 있게 된다.

장 대리는 책을 덮었다. 알베르 카뮈의 〈이방인〉. 잘 이해가 되지 않았지만, 소설 속 마지막 문단의 문장이 좋아서 몇 번 되뇌어 읽어 보았다.

그런 어머니가 죽은 것을 슬퍼할 권리는 내게 없다. 심한 분노가 괴

> 로움을 씻어주고 새 희망을 안겨 준 것처럼 나도 삶을 다시 꾸며보고 싶은 생각이 들었다. 별이 반짝이는 하늘을 보며 이 세상의 다정한 무관심이 처음으로 내 마음을 사로잡는 것을 느꼈다. 이 세상이 나와 다름없는 형제 같았으니, 나는 그동안 행복했고, 지금도 행복함을 느끼는 것이다. 모든 것이 성취되고 내가 사형 집행을 받게 되어 많은 구경꾼들이 증오에 찬 아우성으로 날 맞아주기를 바라는, 내게 남은 그 소원이 이루어질 때, 나는 비로소 외롭지 않으리라.

사실 소설 내용은 제대로 이해하지 못했다. 하지만 소설 속 주인공 뫼르소가 자신에게 이런 메시지를 주고 있다고 생각했다. '세상은 본래 부조리로 가득하다.'고. 우리가 사는 세상은 부조리로 가득하다. 공정한 원리와 원칙에 따라서 세상의 일들은 돌아가지 않는다. 사람들은 합리적이기보다는 불합리한 방식으로 일을 처리하는 경우가 더 많다. 부조리로 인해 누군가는 고통을 받게 된다.

세상이 도대체 왜 부조리한지 생각을 해봤지만 쉽게 답을 찾을 수 없었다. 마음속으로 장 대리는 이런 질문도 해 보았다. '그렇다면 이렇게 부조리한 세상 속에서, 우리는, 인간은 어떻게 살아가야 하는 것일까?'

05

인공지능과의 대결, 고전 속에 답이 있다

"오늘은 어디 다녀오는 거야?"

"시골에 다녀왔어요. 지난주 잘 지내셨나요?"

"나야 뭐 항상 똑같지. 어디 아픈 데는 없고?"

"네, 삼촌 덕분에 건강해요. 삼촌도 건강 잘 챙기세요."

장 대리와 이런 대화를 하던 아저씨가 있었다. 아버지와 비슷한 나이라서 삼촌이라고 부르곤 했었는데, 역 앞의 주차장에서 장 대리의 주차 요금을 정산해 주곤 했다. 하지만 언젠가부터 그 아저씨의 모습을 찾아볼 수 없었다.

대신 주차장 출구 부근에 무인 정산기 하나가 들어섰다. 장 대리는 차번호를 누르고 나서 카드를 삽입하여 정산을 완료했다. 역 앞의 주차장에 무인정산 시스템이 들어온 것이다. 기계가 주차장에 와서 일을 시작했고, 인간은 일자리를 잃었다. 장 대리와 서로의 안부를 물으며 정겨운 대화를 하던 '삼촌'은 어디로 갔을까.

바둑판을 사이에 두고 두 사람이 앉아 있었다. 그들은 진지한 표정으로 바둑판, 그리고 흰 돌과 검은 돌을 살펴보고 있었다.

두 사람은 바둑기사 이세돌 9단과 대만의 소프트웨어 개발자 아자 황이었다. 이세돌은 바둑기사로서 바둑을 두고 있었고, 아자 황은 누군가의 지시를 받아서 돌을 두는 것처럼 보였다. 사실 그는 자신이 개발에 참여한 인공지능 '알파고'의 지시대로 돌을 두고 있었다.

인간과 인공지능의 바둑대결. 대부분의 사람들이 바둑에서 인공지능이 인간을 이길 수 없을 것으로 예상했다. 하지만 그 예상은 빗나갔다. 다섯 번 치러진 경기에서 알파고가 네 번이나 이겼고, 이세돌은 한 번만 승리를 가져갔다. 딥 러닝(deep learning)이라는 기술을 바탕으로 수많은 대국의 기록을 스스로 학습한 알파고는 이후에도 여러 바둑 기사들과의 대전에서 승리를 거뒀다.

인간의 영역이었던 분야를 기계들이 침범해 오고 있다. 주차장 출입구를 지키던 사람은 사라지고 기계가 그 자리를 대체했다. 번호판의 숫자와 글자를 감지하고 어떤 차종인지를 인식할 수 있는 기계가 일을 하고 있었다.

인공지능이 바둑도 둘 수 있는 세상에서 또 어떤 일이 벌어질 수 있을까. 소니 컴퓨터 과학 연구소에서 개발한 인공지능 시스템 '플로우 머신즈'는 직접 작곡을 했다고 한다. 데이터베이스에 저장된 13,000개의 곡을 분석하여 만들었는데, 비틀스의 노래를 많이 들어서 비틀스 풍의 팝송을 만들기도 했다.

뿐만 아니라 인공지능이 대본을 쓰기도 한다. 미국의 만화 작가이자 소프트웨어 개발자인 앤디 허드는 인공지능으로 하여금 시트콤 〈프렌즈〉의 대본을 학습하게 한 뒤, 〈프렌즈〉의 후속 편을 쓰도록 프로그래밍했다. 인공지능은 드라마에서 주인공들이 했을 것 같은 유머를 구하는 등 실제 방송에 쓰이는 대본처럼 글을 적었다.

많은 이들이 4차 산업혁명을 이야기한다. 우리는 변화의 시대를 살아가고 있다. 세상은 끊임없이 변화하고 있다. 가속이 붙은 기관차처럼 그 속도는 빨라지고 있다. 1차 산업 혁명이 영국에서 시작되어 농업 중심의 사회를 공장제 기계 공업으로 변화시켰다. 2차 산업 혁명에서 분업화를 통한 대량 생산이 가능해졌다. 3차 산업 혁명에서는 시간과 장소를 초월한 정보의 유통으로 사회의 모습이 달라졌다. 그렇다면 4차 산업 혁명은 나의 삶을, 우리의 삶을, 우리가 사는 세상을 어떻게 변화시킬까.

이 문제에 대하여 정답을 말해 줄 수 있는 사람은 없다. 인공지능, 가상현실, 생명공학 등과 같이 여러 기술이 연관되어 삶의 모습을 변화시켜 나갈 것이기 때문이다. 텔레비전을 통해서 만날 수 있는 여러 기술들은 인간의 삶을 분명 더 편하게 만들어 줄 것이다. 하지만 그렇다고 인류의 미래를 핑크빛이라고 단정할 수 있을까.

1932년 영국의 작가 올더스 헉슬리는 그의 책 〈멋진 신세계〉를 통해서 미래 사회의 모습을 그렸다. 그가 보여준 미래는 이렇다. 인간은 어머니 배 속이 아닌 곳에서 인공 배양되어 생산된다. 태어날 때부터 계급이 정해져 있으며 알파와 베타 계급은 키가 크고 얼굴도 멋있게 태어나지만, 감마, 델타, 엡실론 계급은 키가 작고, 흉측한 모습으로 태어난다. 자신이 어떻게 태어날지는 '런던 중앙 인공부화, 조건반사 양육소'에서 결정된다.

그러나 사람들은 모두 행복하다. 섹스와 스포츠를 자유롭게 즐기고, 스크린을 통해 촉감영화를 본다. 우울하거나 기분이 좋지 않을 때에는 '소마'라는 약을 먹으면 기분 전환이 된다.

우리가 살아갈 미래의 '현실'은 어떤 모습일까. 〈멋진 신세계〉를 읽다보면 미래가 어떤 방향으로 변화되어 나갈지 두렵기도 하다.

어쩌면 우리는 변화의 갈림길에 서 있을지도 모른다. 우리가 하는 선택들이 사회를 변화시켜 나갈 것이다. 우리는 일상생활 속에서 많은 선택을 한다. 한 명의 개개인의 선택일 뿐이겠지만, 여러 사람들이 같은 선택을 하게 되면, 세상을 변화시킬 수 있는 힘이 된다. 개개인은 알 수 없다. 자신의 선택이 나중에 어떤 결과를 초래할지 말이다. 나중에 결과가 눈앞에 나타나고 나서도 자신의 선택과 결과의 연관관계를 알기가 힘들다. 다시 말해서 지금 내가 내리는 결정이 사회에 어떤 영향을 주게 될지 모른다는 것이다.

장 대리는 곰곰이 생각해 봤다. 내가 지금 하고 있는 일, 이 일도 언젠가 기계가 대신할 수 있는 것은 아닐까. 내가 하고 있는 일을 100% 대체하지는 못하더라고 어느 정도는 가능하겠다는 생각이 들었다. 인공지능이 바둑도 두는데, 뭐 불가능한 것이라도 있을까 하는 생각도 했다. 참으로 어렵다. 내가 모르는 사이에 로봇이 나의 밥줄을 싹둑 하고 잘라버릴 수도 있는 시대이기 때문이다.

이런 시대에 우리는 어떻게 살아야 할까. 인공지능이라는 강력한 상대에 맞서야 하는 우리에게 필요한 능력은 무엇일까. 세상은 넓고 세상 속 정보는 차고 넘친다. 우리는 이 정보의 홍수 속에서 필요한 것을 선택하고 이를 가공하여 새로운 가치를 만들어 가야만 한다. 새로운 시선으로 세상을 바라봐야 한다. 이러한 일들은 인공지능이 우리에게 해 줄 수 없고, 인간이기에 할 수 있는 일이기도 하다.

그래서 우리는 인문고전을 읽어야 한다. 고전을 읽으며 다른 사람들이 생각하지 못했던 것들을 생각해 보고, 남들과는 다르게도 생각해 볼 수 있는 힘을 길러야 한다. 스스로 생각하고 스스로 질문하고 스스로 행동해야만 한다. 스스로 생각하게 도와주는 인문고전을 통해, 프로그래밍 되어 세상에 나올 인공지능과 로봇들과의 싸움에 대비해야 한다.

과학 기술은 분명히 인간의 생활을 더욱 편하게 해 줄 것이다. 하지만 동시에 인간을 비참하게 만들 수도 있다. 서구의 과학 기술 발전은 1차, 2차 세계 대전에서 얼마나 많은 사람들의 목숨을 앗아갔는가. 그리고 지금도 지구의 어느 곳에서는 전쟁으로 인해 고통받으며 사람다운 삶을 살지 못하는 이들이 많다.

4차 산업시대 우리의 사회는 무척 빠르게 변화하고 있고, 그 변화의 속도는 점점 빨라지고 있다. 그 속에서 '인간다움'을 잃지 않기 위해서 인문학이 필요하고 인문고전이 필요하다. 미래 사회의 두 축을 인문학과 과학기술이 차지하여 균형을 맞춘다면 우리의 미래는 진정한 '멋진 신세계'가 될 수 있지 않을까?

06

아이들에게 인문고전을 선물하자

이 사람은 누구일까?

그는 태어나자마자 15일 후부터 아버지가 들려주는 위대한 시인들의 멋진 시를 듣고 자랐다. 두 살 때 베르길리우스의 〈아이네이스〉를 읽었고, 세 살 때 모국어인 독일어를 자유자재로 쓸 수 있게 되었다. 여섯 살 때에는 라틴어 원문으로 그리스의 고전을 읽기도 했다. 아홉 살의 나이에 라이프치히 대학교 입학 자격을 취득했고, 열세 살에 기센 대학에서 철학박사 학위를 땄다. 열여섯 살에 하이델베르크 대학에서 법학박사가 되었으며, 바로 베를린 대학교 법학과 교수가 되었다.

'아니, 열여섯의 나이에 법학과 교수라니, 어떻게 저럴 수 있지?'라고 속으로 되물으며 이 사람은 천재임이 분명하다고 장 대리는 생각했다. 열여섯. 장 대리가 텔레비전에서 흘러나오는 대중가요를 따라 부르고, 친구들과 함께 오락실에서 게임을 하던 나이였다.

위 사람의 이름은 칼 비테 주니어이다. 그는 발달장애를 가지고 태어났고, 다른 아이들에 비해서 지능이 낮았다. 그의 어머니는 절망했다. 하지만 그의 아버지였던 칼 비테는 그렇지 않았다. 그의 아들에게 훌륭한 시들을 읽어주었다. 고대 그리스, 로마 시대의 고전을 읽어주었다. 인문고전을 자연스럽게 접하도록 했다.

억지로 고전을 읽으라고 권하지는 않았다. 아들에게 인문고전으로 가득 차 있는 책장을 선물했다고 한다. 오랜 세월 동안 전해져 내려온 고전을 읽으며 그의 아들은 변화했다. 위에서 이야기한 대로 16세의 나이에 법학박사가 되고, 교수가 되었다.

장 대리는 친구들에게 이야기했다.

"나 만약에 나중에 결혼해서 아기를 낳게 되면 칼 비테처럼, 아이에게 고전을 읽어주는 아빠가 될래."

친구들은 요즘 책을 좀 읽는다더니 사람이 좀 달라 보인다며 칭찬했다. 하지만 이런 이야기를 하는 친구들도 있었다.

"그래서 여자 친구는 지금 어디에 있어?"

그 이야기를 듣고 조바심이 날 법도 했지만 그는 전혀 그렇지 않았다. 아직 그는 젊었고, 그의 앞에는 멋진 미래가 있을 것이며 멋진 여자 친구가 곧 생길 것이라고 믿었다.

칼 비테는 자신이 연구하고 아들에게 적용시킨 교육법을 책으로 써서 남기기도 했다. 책 제목은 〈칼 비테 교육법〉. 그 속에는 칼 비테가 아이에게 가졌던 감정도 있고, 나이별로 어떤 교육을 하면 좋을지, 주제별 교육과정을 어떻게 설정하는 게 좋을지에 대한 내용이 담겨 있다.

칼 비테가 살던 19세기에는 너무 이른 교육이 해롭다는 인식이 퍼져 있었다. 그래서 아이들에 대한 교육은 8세 이후에 실시하던 시대였다. 하지만 칼 비테는 자신이 아들을 키워낸 사례를 바탕으로 책 속에 경험과 생각을 적었다. 자신의 아들을 천재 중에 천재로 변화시킨 사례가 들어 있어 매우 흥미롭다.

장 대리는 책 소개 글과 목차를 살펴보면서 이 책이 도움이 될 것이라고 확신했다. 당장 자신에게 필요하다고 할 수는 없지만, 분명 이 책이 필요할 때가 올 것이라고 생각했다. 하지만 한편으로 이런 생각도 들었다. 아이들에게 인문고전을 읽어주고 읽을 수 있도록 도와주는 것보다도 더 우선시되어야 할 것이 있었다. 바로 자기 자신이 먼저 다양한 인문고전을 읽는 것이다.

인문고전이 좋다는 이야기를 수백 번 들어도 아무런 소용이 없다. 우선 자신이 읽어봐야 어떤 점이 좋고, 얼마나 좋은지 알 수 있다. 전해 듣고 아는 것과 자신이 직접 해 보고 아는 것은 천지차이이기 때문이다. 백 번 듣는 것보다 한 번 보는 것이 낫고, 백 번 보는 것보다 한 번 해 보는 것이 나은 법이다. 자신이 읽어보고 아이들에게 얘기해

주는 것과 읽어보지도 않고 이야기해 주는 것에는 큰 차이가 있다.

게다가 먼저 읽어봐야 우리가 아이들에게 어떤 책이 좋은지 추천해 줄 수 있다. 최근에는 인문고전 읽기를 추천하는 여러 책이 나오고 있다. 그 책 속에는 아이들이 읽을 만한 고전을 나이대별로 혹은 학년별로 나눠서 목록을 제시해 주기도 한다. 물론 그 책 속의 목록대로 아이들에게 고전을 추천해 줄 수 있을 것이다.

더 중요한 것은 고전을 읽게 하는 데서 끝나서는 안 된다는 점이다. 스스로 생각할 수 있게 적당한 질문을 아이들에게 해 주어야 한다. 예를 들면 이런 질문이 있을 것이다.

"가장 흥미롭게 읽은 부분이 있다면 어디야?"
"등장인물 중 나의 주변 인물과 가장 닮은 것 같은 인물은 누구야?"
"주인공이 그렇게 행동한 이유는 뭐야?"

사실 이런 질문에는 답이 없다. 하지만 답이 없기에 자신만의 관점으로 생각해 볼 수 있다. 아이들도 마찬가지이다. 이런 질문에 대답하기 위해서 노력하다 보면 생각하는 힘이 길러진다. 이런 질문도 결국은 자신이 그 고전을 읽어본 적이 있어야 더욱 잘할 수 있는 법이다.

사람은 혼자서 살 수 없다. 살아감에 있어서 주변 환경의 영향을 벗어날 수 없다. 특히 아이들은 부모의 영향이 절대적이다. 부모가 아이에게 어떻게 하느냐에 따라서 아이의 삶의 방향에 큰 영향을 끼칠 수 있다.

아이가 읽기 전에 부모가 먼저 읽어야 한다. 부모가 먼저 읽는 모습을 보여줘야 아이도 읽는다. 책 한 권 읽지 않고, 텔레비전만 보거나, 휴대전화 게임을 하면서 아이들에게 책을 읽어야 한다고 얘기하지 않는가. 먼저 책을 읽는 모습을 보여 주자. 그리고 책을 선물해 준다면 아이들도 호기심을 가지고 읽기 시작할 것이다.

부모들이 먼저 다양한 고전을 읽었으면 한다. 전문가가 될 필요는 없다. 다만 고전을 읽으며 자신과 자신을 둘러싼 주변 환경에 대해 생각해 볼 수 있었으면 좋겠다. 그리고 사회와 국가에 대해서도 한 번쯤 생각해 볼 수 있다면 더욱 좋다.

이런 부모라면 아이에게 고전을 읽어줄 뿐만 아니라, 아이 스스로 고전을 읽을 수 있도록 이끌어 줄 수 있을 것이라고 생각한다. 칼 비테가 그랬던 것처럼 아이에게 고전으로 가득한 책장을 선물해 보는 것은 어떨까?

07

책을 읽었다면 그다음은 실천이다

"여보세요"

"아버지, 잘 지내세요?"

"응. 아들. 그럼 잘 지내지. 어디 아픈 데는 없고?"

"네. 아픈 데 없이 건강해요. 아버지도 괜찮으시죠?"

"그럼. 회사는 잘 다니고 있고?"

"네. 점심시간인데 식사는 하셨어요?"

〈논어〉를 읽고 난 후 장 대리는 틈틈이 부모님께 전화를 드린다. 부모님과 멀리 떨어져서 살며 일하고 있기에 집에 자주 못 간다. 그래서 문안 인사라도 자주 드리는 것이 예(禮)가 아닐까 하는 생각을 〈논어〉를 읽으며 하게 되었다.

〈논어〉 속에서 공자는 이야기했다.

> 젊은이들은 집에 들어가서는 부모님께 효도하고 나가서는 어른들을 공경하며, 말과 행동을 삼가고, 신의를 지키며 널리 사람들을 사랑하되 어진 사람과 가까이 지내야 한다. 이렇게 행하고서 남은 힘이 있으면 그 힘으로 글을 배우는 것이다.

글공부보다 부모님께 효도하는 것이 우선이라고 공자는 얘기했다. 위 구절을 읽으며 자신은 부모님을 자주 못 뵙지만, 전화로라도 자주 소식을 전해드리고 안부를 묻는 것이 중요하다는 생각이 들었다.

예전에 부모님 보러 갈 때마다, 부모님께서 차비로 쓰라며 용돈을 챙겨주신 적이 있었다. 장 대리는 직장인이었지만 미래를 위해 저축을 하고 난 뒤 생활비에 보태서 쓰고, 지인들 경조사를 챙기다 보면 어느새 통장잔고는 비어 있을 때가 많았다. 그럴 때마다 부모님께 용돈 한 번 드리지 못하는 자신의 모습에 자괴감을 느끼곤 했다.

그러나 〈논어〉에서 공자는 얘기했다. 물질적인 것으로 표현하는 것보다 공경하는 마음 그 자체가 더 중요하다고 말이다. 이런 내 모습을 부끄러워할 필요는 없겠구나 하고 장 대리는 생각했다.

독서를 열심히 하고 있는 사람에게 가끔 이런 의문이 머릿속을 돌아다닐 때가 있다고 한다. "책 한 권 읽는다고 인생이 달라져?"

그 말이 맞다. 사실 책 한 권 읽는다고 인생은 달라지지 않는다. 인문고전도 마찬가지다. 고전 한 권 읽는다고 세상이 달라지지는 않는다. 세상은 아무런 표정 없는 무심한 시계 속의 시침과 분침, 초침처럼 흘러간다. 세상은 책을 읽고 있는 우리에 대한 관심이 없다.

시간이 지나고 나서 당신은 벅찬 감동을 갖고 책을 덮는다. 하지만 몇 시간 후 우리는 현실적인 고민들을 만난다. 내일 아침 기온이 뚝 떨어지고, 눈이 올 수도 있다고 하는데, 출근길 교통 상황은 어떨까. 모레 저녁에 만나기로 한 친구와는 무엇을 먹을까. 삶은 이런 질문들로 우리의 의식을 끌어당기고, 우리는 그런 생각 속에서 살아간다. 책을 읽고 감동을 느꼈으나 거기까지다. 우리의 삶이 변화하지 않는 것에는 다 이유가 있다. 실천하지 않고 행동하지 않기 때문이다.

〈논어〉는 어릴 적 학창 시절에 배웠던 익숙한 구절로 시작한다. "배우고 때때로 그것을 익히면 또한 기쁘지 않은가?" 공자의 말대로 책으로 배운 것이 있다면 그것을 익혀야 한다. 익힌다는 것은 그저 머릿속에 외워둔다고 해서 저절로 이뤄지는 것이 아니다. 바로 실천하고 행동하면서 몸에 새기는 것과 같다.

자동차 운전대를 처음 잡았을 때를 기억해 보자. 나의 두 손에 쥐어져 있는 운전대가 어색하게 느껴졌고, 운전도 매우 서툴렀다. 하지만 시간이 지나고 운전이 익숙해지면 괜찮다. 마치 차가 내 몸의 일부같이 느껴질 때가 오기 때문이다.

책을 읽은 후에는 배운 것들을 몸으로 하나씩 실천해야 한다. 독서

후 변화가 없고 발전이 없는 것은 책을 읽고 나서 얻은 교훈들을 그저 머릿속에 새겨두기만 하기 때문이다. 시간이 흐르면 흐를수록 그 흔적은 지워질 것이다. 시간이 흐르고 흐를수록 짙은 감동의 기억은 옅어질 것이다. 하지만 한 번 몸에 익힌 것은 잘 잊어버리지 않는다.

책을 통해 배우고 느낀 바를 실천한다. 다시 책을 읽고 그 안에서 배운 것을 생각하고 실천한다. 그렇게 읽은 책이 늘어간다면? 책 속에서 배우고 느낀 것을 하나씩 실천해 나간다면?

그렇게 노력함에도 불구하고 세상이 달라지지 않을지도 모른다. 하지만 좌절하지는 말았으면 좋겠다. 진짜 변화는 우리 자신에게서부터 시작한다. '나' 자신이 먼저 변화하고, '주변 사람들'이 변하고, '사회'가 변화하면서 세상은 변화할 것이다.

변화는 조금 더디게 나타날 것이다. 하지만 책을 읽고 난 후 배운 점을 하나씩 실천하다 보면 우리의 삶은 분명히 변화한다. 지금보다 더 긍정적인 방향으로 말이다. 당장 눈앞에서 결과를 보지 못해 조바심 내기보다는 보다 좋은 미래를 향해 내딛는 우리의 발자국들에 의미를 두는 것은 어떨까? 결국 그 발자국들이 모여 변화는 시작될 것이기 때문이다.

인문고전을 읽고 나면 머리가 멍해질 때가 있다. 저자가 무슨 말을 했는지 이해가 되지 않는다. 무엇을 실천해야 할지 도저히 감이 오지 않을 수도 있다. 왜냐하면 인문고전은 무엇을 해야 한다고 이야기하는 책이 아니기 때문이다. 인문고전은 우리에게 질문을 던지고 생각하고 사유하게 한다. 그리고 그 사유가 행동으로 이어지게 한다.

뭔가를 배우고 이해하게 되었다면, 이제는 실천을 해봤으면 한다. 인문고전은 다른 책과 다르게 명확하게 이렇게 하라고 지시하지 않는다. 깊이 숨겨져 있는 의미를 우리가 스스로 생각하고 찾게 만든다. 가끔 '뭐 어쩌라고?'라는 생각이 들 수도 있을 것이다. 하지만 인내심을 가지고 생각하고 질문하다 보면 알게 된다. 내가 무엇을 해야 하는지 말이다. 그리고 '그것'을 하면 된다.

변화는 행동에서부터 나타난다. 생각은 휘발성이 강해서 우리가 계속 붙잡아 둘 수 없다. 머릿속에 있는 생각을 실천으로 옮길 때 변화가 시작된다. 고전을 통해 배웠던 것을 꾸준히 행동으로 옮기다 보면 어느 순간 우리의 삶은 달라지고 있음을 깨닫게 된다.

생각하는 것보다 말하는 것이 어렵고, 말하는 것보다 행동하는 것이 어렵다. 하지만 행동이 없이 우리는 앞으로 나아갈 수 없다. 변화를 꿈꾸며, 성장을 꿈꾸며 책을 들었고, 인문고전을 읽었다면, 이제는 실천할 때이다. 각자 자신이 배웠던 것들을, 자신이 알게 된 것들을 우리의 삶에 적용해 보자.

변화의 수레바퀴는 스스로의 힘으로 움직이지 않는다. 끌고 밀어주는 행동이 있어야만 앞으로 나갈 수 있다. 꾸준한 실천이 이어지지 않는다면 오르막길을 만났을 때 버티지 못하고, 원점으로 돌아가 버릴 수도 있다. 고전에서 배운 것들을 삶에 하나씩 적용해 보자. 실천함으로써 우리의 삶에 변화가 시작된다는 것을 잊지 말았으면 한다.

08

우리의 삶에 고전이 필요한 이유

대부분의 독서는 많은 유익함을 가져다준다. 특히 고전은 자양분으로 충만해 있다. 옛 서적을 읽는 것으로 우리는 지금의 시대에서 멀리 갈 수 있으며, 완전히 낯선 외국의 세계로 갈 수도 있다. 그런 뒤 다시 현실로 돌아왔을 때 무슨 일이 일어날까. 현대의 전체적인 모습이 지금까지보다 더욱 선명히 보인다. 이렇게 우리는 새로운 시점을 가지고 새로운 방법으로 현대를 접할 수 있게 된다. 막다른 길에 서 있다고 느낄 때 읽는 고전은 지성의 고양에 특효약이다.

〈니체의 말〉이라는 책에 보면 니체의 많은 글 중에 고전 읽기에 대한 글을 볼 수 있다. 프리드리히 니체는 〈인간적인 너무나 인간적인〉에서 위와 같이 이야기했다고 한다.

그의 말이 전적으로 옳다고 생각한다. 사람들은 고전을 읽으며 고전 속의 세계와 만난다. 그래서 고전 한 권을 읽는 것은 낯선 세계를 여행을 하는 것과 같다. 시간적으로 공간적으로 먼 곳으로의 여행이다. 우리는 작품 속으로 들어가 우리가 살고 있는 세계와 다른 세계를 만날 수 있다.

그 세상은 지금 우리가 살고 있는 세상과 동떨어져 있지만, 여행에서 우리는 현실을 다르게 바라볼 수 있는 관점을 얻을 수 있다. 그렇기에 고전 읽기는 우리 삶에 도움이 된다.

장 대리가 고전을 읽기 시작한 지 1년 6개월이 되었다. 그동안 일어났던 여러 일들을 떠올려 봤다. 집 근처 카페에 의욕적으로 책을 들고 가서 커피를 마시면서 읽었던 고전들. 하지만 고전은 무거운 책이기도 했다. 그 무게 때문인지 장 대리의 눈꺼풀은 시시때때로 아래로 한없이 처지곤 했다.

읽는 속도가 느리긴 했지만 개의치 않기로 했다. 좀 느리게 읽으면 어때? 빨리 읽는 것은 중요하지 않다고 생각했다. 그는 고전 속의 의미를 이해하고 내 것으로 만드는 것이 중요하다고 믿었다.

나쓰메 소세키가 쓴 소설 〈책을 지키려는 고양이〉에 보면 이런 내용이 있다.

책을 읽는다고 꼭 기분이 좋아지거나 가슴이 두근거리지는 않아.
때로는 한 줄 한 줄을 음미하면서 똑같은 문장을 몇 번이나 읽거나 머리를 껴안으면서 천천히 나아가기도 하지. 그렇게 힘든 과정을 거치면 어느 순간에 갑자기 시야가 확 펼쳐지는 거란다. 기나긴 등산길을 다 올라가면 멋진 풍경이 펼쳐지는 것처럼 말이야.

No pain, no gain. 고통이 없다면 얻는 것도 없다. 고전은 이 영어 속담에 딱 들어맞는 책이다. 등산을 하며 힘들게 오르막을 오르다가 주변을 둘러봤을 때 멋진 풍경이 나오는 것처럼, 고전 읽기도 마찬가지다. 장 대리처럼 이해가 되지 않아 머리를 싸매기도 하고, 무거운 눈꺼풀에 고개를 꾸벅일 때도 많다.

하지만 어느 순간 이해될 때가 있다. 완벽하지는 않지만, 조금씩 이해가 되기 시작하고, 책 속의 구절들이 머릿속에 쏙쏙 박히기 시작한다. 힘든 지점을 이겨낸 후 얻게 되는 달콤함. 장 대리는 그런 달콤함이 좋았다. 그래서 고전을 더욱 열심히 읽어야 하겠다고 생각했다.

하지만 그 달콤함이 전부가 되어서는 안 된다. 우리가 고전을 통해서 달콤함과 같은 즐거움만 얻을 수는 없다. 고전이 가지고 있는 가치는 즐거움에만 있는 것이 아니기 때문이다.

누군가 그랬다. 책은 생각을 위한 도구와도 같다고. 일상 속에서 바쁜 나머지 전혀 생각해 보지 못했던 어떤 것들을 책들을 통해서 생각하게 된다. 장 대리가 읽은 고전도 마찬가지였다. 존 스튜어트 밀의 〈자유론〉은 어떤가. 사람들은 누구나 자유롭게 살고 싶어 한다.

하지만 다른 사람들과 관계 속에서 함께 사는 사회 속에서 사람들은 100% 자유롭게 하고 싶은 대로 모든 것을 하면서 살아갈 수 없다. 그렇다면 사회 속에서 사람들의 자유는 '어디까지' 용인되고 '어디까지' 규제되어야 할까. 그에 대한 생각이 적힌 책이 바로 〈자유론〉이다.

그저 막연하게 알고 있던 '자유' 혹은 남에게 피해를 주지 말아야 하는 선에서 누릴 수 있는 '자유'. 〈자유론〉을 통해서 '자유'의 개념에 대해서 한 번 깊게 생각해 볼 수 있었다. 그리고 장 대리는 자기 자신에게 물어보았다. 존 스튜어트 밀이 말한 자유인(自由人)으로서의 삶을 살아가고 있는가 하고 말이다.

생각이라는 것은 단순히 머릿속에서 일어나는 그 어떤 것인지도 모른다. 하지만 어떤 생각을 하고 사느냐에 따라서 사람의 삶이 달라진다. 근본적인 변화를 위해서는 실천이 있어야 한다. 하지만 그 실천 이전에 생각의 변화가 있어야 한다. 인문고전 속에서 우리가 여러 사람들의 생각을 만날 수 있다. 어떤 이들은 고전을 지속적으로 읽으면 두뇌에 혁명이 일어날 수 있다고 한다. 하지만 꼭 혁명이 아니더라도 좋다. 자신의 삶을 변화시킬 수 있는 작은 힌트를 하나 배우는 것만으로도 고전 읽기는 우리에게 너무나 유익하다.

고전을 읽고 난 후 사람들이 지금보다 더 나은 삶을 살았으면 좋겠다. 우리가 지금 사는 세상은 너무나도 변화가 빠르고, 그 속에서 적응하며 살아가는 것은 쉽지 않다. 이런 변화 속에 휩쓸리지 않는 힘을 가질 수 있었으면 좋겠다.

그런 힘은 결국 주체적으로 사고하고 주체적으로 행동하는 데에서 나온다. 그런 힘을 기를 수 있는 하나의 방법이 바로 고전 읽기이다. 고전을 읽다 보면 우리가 누구이고 우리가 어디에서 왔는지를 이해할 수 있기 때문이다. 고전을 읽으며 우리의 삶에 대해 생각하고 또 생각해 보며 자기 자신에 대해 더 잘 알 수 있게 된다. 그리고 어떤 힘든 일이 있더라도 지금 자신이 걷고자 하는 길을 갈 수 있는 힘을 얻게 된다.

흔들리지 않는 꽃은 없다. 꽃봉오리 속 우아한 모습을 보여주기 위해서 꽃들은 수많은 바람과 빗속에서 버티고 버틴다. 흔들림 속에서도 자신이 가야 할 길을 잃지 않고 포기하지 않으려 노력하기에 꽃은 아름답게 피어나는 것이다.

인생은 참으로 어렵다. 정답이 없기 때문이다. 뭔가 확실하게 이것이 100% 옳다고 누군가 이야기한다. 하지만 자세히 살펴보면 그 논리에도 틈이 보인다. 아무래도 아닌 것 같다. 도대체 우리는 어떻게 해야 할까.

하지만 정답이 없기에 인생을 살아 볼 만한 것이 아닐까 싶다. 누군가 이것이 옳다고 자신의 생각을 알려줘도 그대로 따라 하지 않아도 된다. 설령 그 충고를 받아들인다 해도 꼭 그 사람이 했던 대로 똑같이 할 필요도 없다. 그저 내가 생각하는 방식대로 맞춰서 하면 된다. 주체적인 삶이라는 게 뭐 대단한 것은 아니다. 나의 생각, 나의 행동이 중심이 되는 삶이다. 그 속에서 다른 사람과 잘 어울리며 살아가면 된다. 많은 사람들이 고전을 통해 삶을 잘 여행할 수 있는 힘을 기를 수 있었으면 좋겠다.

장 대리가 그동안 고전을 읽으며 확신하게 된 분명한 사실이 있다. 이탈로 칼비노의 말처럼 '고전을 읽지 않는 것보다 고전을 읽는 것이 삶에 훨씬 유익하다.'라는 것이다. 힘든 길일지도 모르지만, 고전이라는 지도를 통해 여행하며 성장하고 있는 장 대리처럼 많은 사람들도 고전 읽기를 시작해 봤으면 한다.

고전 한 권을 읽고 마지막 페이지를 넘겼을 때, 무엇이 남아 있을지는 알 수 없다. 하지만 한 글자 한 글자씩 내딛는 발걸음 속에서 지금보다 나은 삶을 살기 위한 힌트 하나쯤 얻을 수 있기를 기원해 본다.

즐거운 고전읽기를 위한 TIP 5

오래 전 읽었던 책을 다시 읽어보면 좋은 점

2년 전, 〈피노키오〉를 다시 읽은 적이 있다. 동화 같은 이야기였다. 하지만 읽다보니 어릴 때 읽었던 〈피노키오〉와는 달랐다. 어릴 때에는 아무런 생각하지 않고 읽었던 것 같은데, 다른 느낌이었다. 〈피노키오〉의 이야기 속에는 곧 우리에게 다가올 미래의 이야기가 있었다. 바로 '인공지능'에 대한 이야기다. 3장에 보면 이런 문장이 있다.

> 집에 들어가자마자 제페토 할아버지는 곧바로 연장을 들고 나무 토막을 깎아 꼭두각시 인형을 만들었습니다.

제페토 할아버지가 만든 것은 나무 인형이지만, 그 나무 인형은 의식과 지능을 가지고 있고, 온갖 말썽을 부리며 이곳저곳을 다닌다. 이 대목에서 문득 '인공지능'이 생각난 것이었다. 피노키오도 마찬가지로 인공적으로 만들어진 것 아닌가. 제페토 할아버지를 현대의 과학자나 기술자라고 한다면, 피노키오는 곧 AI(Artificial Intelligence)와도 같다고 볼 수 있다. 그렇게 연결시켜서 보니 〈피노키오〉를 색

다른 관점에서 바라볼 수 있었다. 이렇게 읽었던 책을 다시 읽어보면 독서가 더욱 즐거워진다.

예전에 읽었던 고전이 있다면 다시 한 번 읽어보자. 다시 읽었을 때, 어떤 느낌일지는 알 수 없다. 하지만 분명한 것은 그 때 읽은 고전과 다시 읽은 고전이 우리에게 다르게 다가올 것이라는 점이다. 같은 책이라도 시간이 지난 후 읽으면 새로운 시점으로 관찰할 수 있다. 지난번에 스쳐 지나갔던 내용이 다시 눈에 들어오고, 예전에 비해 보다 깊이 생각할 수 있게 된다. 이를 통해 보다 즐거운 '고전 읽기'를 할 수 있을 것이라고 본다.

지금 당장 고전읽기를 시작하자

"생각대로 살지 않으면 사는 대로 생각하게 된다."라는 말이 있다. 곰곰이 생각해보면 생각대로 살지 않고, 주변 환경이 나를 이끄는 데로 타성에 젖어서 살았던 날들이 많았던 것 같다. 사는 대로 생각하며 살았던 것이었다. 그렇다면 생각대로 산다는 것은 대체 어떤 의미일까? 그것은 자신이 생각했던 바를 몸으로 실천하며 살아야 한다는 것을 말한다. 이는 곧 '자신만의 삶'을 사는 것과도 연결이 된다. 이를 볼 때, 우리의 삶에 '생각'이 미치는 영향은 꽤 높다고 생각한다.

어떤 생각을 하느냐에 따라 사람의 삶이 달라질 수 있다. 예를 들어 뉴턴의 사례를 한번 보자. 여기에 나무에 사과가 하나 달려있다. 갑자기 사과 하나가 뚝 떨어진다. '어라 이게 웬 떡이냐.'하면서 집으로 가져가서 깎아 먹는 사람이 있을 테고, '이 사과를 내가 먹어도 되는 것일까?'하며 궁금해 하는 사람도 있을 것이다. 하지만 뉴턴은 그 사과를 보며 만유인력의 법칙을 만들어냈다.

우리가 뉴턴과 같은 위대한 발견을 위해서 위대한 생각을 해야 한다는 것은 아니다. 그는 뛰어난 과학자였다. 뉴턴은 뉴턴이고 우리는 우리다. 우리는 여기 대한민국에서 우리의 삶을 살아가야 한다. 살면서 직접 판단하기 싫어서, 귀찮아서, 어려워서, 타인의 의견을 수용해 버린 적이 없는 가? 혹은 나의 감정이 이야기하는 대로 행동해버렸던 적이 있지 않은가? 강물이 흘러 내려가는 데로 나의 삶을 종이배에 띄워놓지 말아야 한다. 우리는 우리가 생각하는 대로 삶을 살아가야 한다. 이는 곧 우리가 스스로 우리의 삶을 방치하지 않고 제대로 살아가기 위한 것과도 같다.

고전이 좋은 점 중 하나는 우리 스스로 생각하게 해준다는 점이다. 고전을 읽으며 그동안 아무런 생각 없이 타인의 말을 따라 결정하고 움직였던 사안들에 대해서 다시 한 번 생각해 보게 되었다. 그리고 내가 처한 힘든 상황에서 한걸음 더 생각해보면서 그렇지 않으면 저질렀을 지도 모르는 실수를 방지할 수도 있었다.

대통령 선거나 국회의원 선거 때 나의 투표가 그랬다. 누가 좋을 것 같더라, 누가 대통령이 되면 괜찮을 것 같다. 주변에서 들리는 얘기를 듣고 나서 그에 따라 투표를 한 적이 있다. 하지만 존 스튜어트 밀의 〈자유론〉을 읽고 나서는 그렇게 해서는 안 되겠다는 생각이 들었다. 후보의 공약을 읽고, 후보가 지금까지 해 왔던 일을 보고 나서 투표하게 되었다.

회사를 다니면서 상대방의 말이나 행동에 화가 치밀어 오르는 때가 많았다. 아무리 생각해봐도 아닌 것 같은데, 어째서 저럴 수가 있는 것인가. 이 분노가 가만히 있다가 가라앉으면 다행이지만, 나도 예상치 못한 행동으로 나와 버리곤 했다. 한번 생각해보면, 나나 그 사람 모두 회사가 더 잘 되기를 바라는 마음에서 그렇게 행동하는 것일 텐데, 여유를 가지고 행동하지 못했던 것 같다.

요즘은 그럴 때마다 알베르 카뮈의 소설 〈이방인〉을 생각한다. 세상이 이리도 부조리하다고. 소설 속의 주인공 뫼르소가 나에게 이야기하지 않는가. 나는 부조리를 끌어안아야 한다고 생각했다. 부조리한 세상을 받아들여야 하고, 그 속에서 내가 해야 할 일을 찾아야 한다고. 그리고 생각하고 또 생각해본다. 내가 처한 이 상황에서 내가 해야 할 일, 내가 할 수 있는 일에는 무엇이 있는지 말이다.

살아간다는 것은 분명 쉽지 않은 일이다. 내가 하고자 하는 바가 있어 이를 위해 열심히 노력하더라도, 어딘가에서 내가 몰랐던 벽이 갑자기 나타나곤 한다. 어떻게 해야 할지도 모르겠고, 막막하기도 할 때가 있다.

당신이 고전을 읽고 이 험한 세상을 살아갈 힘을 얻었으면 좋겠다. 살아서 숨을 쉬고 먹고 자는 것에 만족하지 않고, 자신만의 삶을 꾸려갈 수 있었으면 한다. 고전이 당신에게 도움을 줄 수 있을 것이다. 자신을 잃지 않게 도와주고, 어려운 상황을 이겨낼 수 있는 힘을 줄 것이라고 생각한다. 고전을 읽으며 삶에 대해 다양하게 생각해본다면 당신이 자신만의 삶을 살아가는데 있어서 고전이 큰 도움이 될 수 있을 것이라고 생각한다.

최근 나는 집 근처의 책방에서 '인생고전읽기'라는 독서 모임을 시작하게 되었다. 아직 시작하기 전이라 나의 감정은 설레임반 두려움 반이다. 그래도 분명한 것은 고전읽기가 우리의 인생에 도움이 될 것이라는 점이다. 인생은 생각보다 길고, 삶은 언제 끝날지 모른다. 그래서 늦었다는 생각도 하지 말고, 어려워서 못 읽는다는 생각도 하지 말고, 고전읽기에 도전해봤으면 좋겠다.

그래서 나는 이 책 속의 장 대리처럼 당신이 지금 바로 서점으로 가서 고전 한 권을 구입하고 읽기 시작했으면 좋겠다. 당신은 책 속의 장 대리와 같이 방황하면 어떻게 할까 걱정할지도 모른다. 하지만 이 책을 끝까지 다 읽고 여기까지 왔다면 괜찮다. 지금 바로 고전 한 권 읽기를 시작해보자. 명심했으면 한다. 지금이 고전읽기에 제일 좋은 시간이라는 것을.

고전은 어떻게 삶의 무기가 되는가

초판인쇄 2020년 7월 11일
초판발행 2020년 7월 16일

지은이 장영익
발행인 조현수
펴낸곳 도서출판 프로방스
마케팅 최관호 최문섭 신성웅
편집 황지혜
디자인 호기심고양이

주소 경기도 고양시 일산동구 백석2동 1301-2
넥스빌오피스텔 704호
전화 031-925-5366~7
팩스 031-925-5368
이메일 provence70@naver.com
등록번호 제2015-000135호
등록 2015년 06월 18일

정가 15,000
ISBN 979-11-6480-063-6 03810

파본은 구입처나 본사에서 교환해드립니다.